CRUZARÉ EL TIEMPO POR TI

GRANTRAVESÍA

Lee Kkoch-nim

CRUZARÉ EL TIEMPO POR TI

GRANTRAVESÍA

Este libro es publicado con el apoyo de Literature Translation Institute of Korea (LTI Korea).

CRUZARÉ EL TIEMPO POR TI

세계를 건너 너에게 갈게 (I WILL CROSS TIME FOR YOU)
by 이꽃님(Lee Kkoch-nim)

Copyright © 2018 by Lee Kkoch-nim. All rights reserved.

Publicado según acuerdo con Munhakdongne Publishing Corp. c/o KCC (Korea Copyright Center Inc.), Seoul and Chiara Tognetti Rights Agency, Milan.

Traducción: Álvaro Trigo Maldonado (del coreano)

Ilustración de portada: Bonghyun (Kim)

D.R. © 2024, Editorial Océano de México, S.A. de C.V.
Guillermo Barroso 17-5, Col. Industrial Las Armas
Tlalnepantla de Baz, 54080, Estado de México
www.oceano.mx
www.grantravesia.com

Primera edición: 2024

ISBN: 978-607-557-945-0

Índice

Para mí

E scribo esto porque me lo pidió papá.
Lleva varios días fastidiándome con ese rollo del buzón lento y al final ha decidido que salgamos juntos hoy. Por si no fuera suficiente tener que pasar el sábado con él me despertó de madrugada para que pudiéramos tomar el autobús. ¡Estoy nerviosa! ¿Por qué tenemos que venir tan lejos cuando ni siquiera sabe conducir?

¿Sabes eso que dicen que cuando alguien actúa raro es porque se está preparando para suicidarse? Pues no creo que sea el caso de papá. Jamás haría algo así con su boda tan ansiada a la vuelta de la esquina.

¿Y qué sentido tiene escribir esta estúpida carta? Me puso el papel y el sobre delante y me pidió que me sentara en otra mesa a escribirla. En serio, va a volverme loca.

¡No puedo creer que esté escribiendo una carta en esta cafetería junto al mar con un paisaje tan increíble! Lo que necesito ahora mismo no es un insípido café latte con con leche de boniato y papel para escribir, sino una buena cámara. Quiero tomarme fotos aquí, pero mi teléfono es tan viejo que todo sale borroso.

En serio, ¿de verdad le parece tan especial que le escriba una carta a mi yo de dentro de un año? Es totalmente ridículo. ¿Qué cambiará con escribir esto? Tengo miedo de que cuando vuelvas a leer esta carta dentro de un año te olvides de cómo me sentí, así que te diré que escribir cartas a una misma me parece lo más estúpido del mundo. Lo estoy haciendo sólo porque no me queda de otra. Agh, ahora me duele un montón la muñeca. :'(

Bah.

Papá me acaba de saludar moviendo la mano desde la mesa de enfrente. ¡Moviendo la mano! Pero ¿qué diablos hace? ¿Se volvió loco? ¡Qué vergüenza! Estoy por enviarle un mensaje: "Haz como que no me conoces".

Mejor no, a saber qué me contestaría. Le diré: "¡Estoy ocupada con la carta que TÚ querías que escribiera! ¡No me molestes!".

Creo que con eso hasta papá entenderá a qué me refiero.

Últimamente está todo el día con esa cara como si fuera a morir de felicidad. ¿Y por qué no iba a estarlo? Desde que se enamoró de "ésa" se pasa el día riendo como un tonto. En serio, ¿cuarenta y cuatro años no es un poco tarde para "empezar una nueva vida"? Simplemente debería seguir como hasta ahora, y ya. ¿A qué viene eso de casarse? No importa cuántas veces le diga que se espere a que yo cumpla veinte años y sea mayor; no me hace ningún caso. Dice que sería demasiado tarde y que necesito una madre ahora. ¿Qué demonios se piensa? Llevo quince años viviendo perfectamente sin madre, no necesito una. Sólo está dando excusas porque quiere casarse lo antes posible.

En momentos como éste realmente odio a mi madre. En realidad, es gracioso que lo diga porque para poder odiarla como mínimo tendría que saber algo sobre ella. Por supuesto, papá nunca me cuenta nada de ella cuando le pregunto y ¿ahora espera que me crea esa estupidez de que necesito una madre?

Estos días papá actúa como si fuera un padre genial. ¿Qué es eso de irnos de viaje en navidades? ¿Un cosplay de "padre perfecto"? Supongo que a esa mujer le atrae un marido que se lleve muy bien con su hija.

¡Ja! No quiero ni empezar con ella. ¿Qué significa es esa mirada de desprecio hacia los demás y esa sonrisa forzada que pone sólo cuando papá está cerca? Esa tipa es una psicópata total. No puedo creer que alguien como ella vaya a ser mi madrastra.

Me siento atrapada en la mierda. Ahora entiendo por qué la gente dice que algo apesta cuando está nerviosa. Es como cuando agarras algo apestoso y las manos te quedan pegajosas. Si las dejas así, el polvo se te pega y limpiarse con un pañuelo no sirve de nada. Hay que lavarse bien con jabón porque si no nunca desaparece esa sensación pegajosa. Así es exactamente como me siento ahora. Quiero lavar bien mi corazón con jabón.

El problema es que papá, que es el que me ha dado esta mierda pegajosa, no lo entiende. Está demasiado entretenido disfrutando de su dulce vida, está en su mejor momento. Es como cuando alguien que sólo bebe café americano de repente pide un caramel macchiato.

Cuando recibas esta carta todo habrá vuelto a cambiar. Esa mujer estará clavada entre papá y yo como un hongo venenoso. No sé lo que hará por cambiar en ese tiempo, pero no te dejes engañar por ella. ¡Recuerda que la odias! Por más que haya encandilado a papá e intente actuar de forma sospechosa como una madre, nunca la aceptes.

Sencillamente continúa en silencio y actúa de acuerdo con el plan original. Después de soportar durante un año, en el momento en que recibas esta carta lo único que tienes que hacer es dejar el teléfono sobre la mesa, hacer las maletas y marcharte de aquí tranquilamente.

Espero que por más que haya pasado un año sigas sintiendo lo mismo que yo.

2 de enero de 2016
A mi yo de dentro de un año.

Para mi onni[1] ~~rarita~~

¿**H**ola?
Tu carta llegó a nuestra casa. Mi mamá dice que no hay que leer las cartas de los demás, pero de verdad creí que era para mí.

Si hubieras puesto "para mí" en el sobre no la habría leído, pero como eso lo escribiste en la carta y en el sobre decía "para Eunyu" me confundí porque yo me llamo igual. Al terminar de leer tu carta se la di a mi madre. Espero que no te enojes, pero no tuve elección. Es que tu carta es muy extraña.

Mamá dice que podrías ser mentalmente inestable. ~~Dijo que lo mismo eras una espía norcoreana.~~ Dijo que todas esas palabras raras que aparecen en tu carta son la prueba.

Mamá dice que una hija nunca escribiría una carta criticando a su padre de esa forma y que, viendo que hasta piensas en huir, no debes estar bien de la cabeza.

~~Mami~~ Mi mamá dice que maldecir a tus padres es como acostarte y escupir hacia arriba. Si lo haces al final te cae la saliva en la cara.

---

[1] *Onni*: vocativo utilizado entre chicas para referirse a una hermana o a una amiga mayor. También escrito como *unni* en la transcripción al inglés.

Esto es un secreto, pero la verdad es que después de oír lo que dijo mamá me acosté y escupí para ver si era verdad. Pensé que caería en otra parte si escupía un poco hacia un lado, pero me sorprendió mucho que de verdad me cayera en la cara. Me sentí realmente mal cuando pasó. Como decías en tu carta fue una mierda.

~~Mami~~ Mamá dice que no existen cosas como los "buzones lentos". Dice que ninguna carta tardaría un año en llegar y que no tiene sentido enviar algo que llegará después cuando todo el mundo quiere leer sus cartas rápido. Creo que tiene razón.

Por favor, explícame onni: ¿estás mal de la cabeza?, ¿eres una espía?

Mamá dice que no debería responderte porque estás loca, pero aun así te escribo porque estoy muy preocupada. Dijiste que tu padre se va a volver a casar. Imagino que debes estar muy triste. Si lo estás, ven a verme. Estoy en el grupo 1 del tercer grado de la escuela popular Jinha. Y, por curiosidad, ¿qué es un *americano*? ¿Y un *caramel macchiato*? Por favor, explícamelo. A no ser que sea un código de espías, entonces mejor no me lo digas, no quiero que me detenga la policía.

Ah, casi me olvido. Estamos en 1982, no en 2016. Te has equivocado con el año, así que para mamá ésa fue la prueba definitiva de que ~~estás loca como una cabra~~ tienes algún problema serio.

Ahora finjo que estoy dormida mientras escribo esta carta debajo de la manta sin que ella lo sepa. Mis amigos me han dicho que desde que se levantó el toque de queda por las noches hay locos caminando por las calles, pero que no siempre habían sido así. Terminaron así porque los arrestaron y torturaron. La gente dice que cada noche la policía busca personas para torturarlas y que por eso tenemos que irnos todos a dormir por las noches.

Onni, de verdad espero que no estés loca porque te llamas igual que yo y me parecería muy triste que alguien con el mismo nombre estuviera mal.

Quiero enviarte mis valiosos 500 wones para que te animes. ¿Conoces las nuevas monedas de 500 que acaban de salir? Son mucho más grandes que las de 100 y las de 10. Hasta tienen una bonita grulla en el reverso. Es hermosa. Nunca pensé que tendría una moneda tan grande y brillante. Papá me la dio como moneda de la suerte, espero que a ti también te dé buena suerte.

Me despido, ¡buenas noches!

6 de julio de 1982
Atentamente, Eunyu

Para la niña del colegio

¡Eh! ¿Quién diablos eres? ¿Cómo es que has leído mi carta?

Déjate de rollos raros de que te llegó por equivocación y dime la verdad. Estoy segura de que metí mi carta en el buzón lento. Y también de que la carta se entregaría exactamente un año después. ¿Dices que te ha llegado en sólo dos semanas? Y por si fuera poco a una dirección diferente a la de nuestra casa. Creo que robaste mi carta del buzón y no te saldrás con la tuya. Pienso llamar a la compañía postal y asegurarme de que averigüen quién eres.

Parece que no sabes que abrir las cartas de otros es un delito, ¿verdad? Y no me vengas con que no lo sabías porque todavía vas al colegio. Espero que no pienses usar eso como excusa. En vez de andar robando deberías estudiar más coreano. De un solo vistazo se puede comprobar lo pobre que es tu nivel de redacción y ortografía.

Hay cientos de pruebas que demuestran que tu carta es mentira. ¿Creías que por enviarme esa moneda de 500 wones de 1982 iba a pensar: "Oh, esta chica realmente vive en el pasado, guau, qué increíble"?

Si abro ahora mismo mi cartera puedo encontrar monedas de 500 mucho más antiguas que ésa. Y gracias por decirme el nombre de tu escuela, pienso dejar una queja en su página web ahora mismo. Espera y verás.

Para la niña del colegio otra vez

M hh… No sé a qué estarás jugando, pero en internet sólo he encontrado una escuela primaria Jinha y ninguna escuela popular Jinha.

Al principio pensé que ibas a una de esas escuelas privadas especiales de lenguas extranjeras o algo así. No se me ocurrió que lo de "popular" era un término que se usaba antes. De todas formas, es algo que puedes inventar fácilmente. Inventarse el nombre de una escuela no tiene ningún misterio.

Aunque reconozco que tu historia no es tan sospechosa.

He buscado en internet y es verdad lo que dice tu carta de que la moneda de 500 wones se introdujo en 1982. Reconozco que no podría encontrar monedas más antiguas de 500 en mi monedero porque no existen antes de esa fecha.

Fui a la web del buzón lento, pregunté y me dijeron que ni siquiera Arsene Lupin podría robar las cartas, así que mucho menos una estudiante de primaria. Por la rendija del buzón apenas cabe un dedo y está cerrado con un candado para asegurar que las cartas sólo sean enviadas pasado un año.

Esto es un verdadero lío.

¿Qué significa esta carta que he recibido y cómo es que has leído la mía?

¿Estás diciendo que mi carta fue entregada en tu casa en 1982? ¿Y que la respuesta que me has enviado ha llegado a 2016?

Oye, cuéntame algo con sentido.

¿Quién eres? ¿Te estás riendo de mí?

Nada de esto tiene sentido y no tengo tiempo para juegos, ¿entiendes?

P.D.: De verdad que no es divertido, no sé quién eres, pero déjate de juegos.

Para mi onni

Hola.

No te imaginas lo sorprendida que me quedé al recibir tu carta mientras capturaba insectos para mi tarea de las vacaciones. Grité tan fuerte que las cigarras que estaban en la caja de plástico chirriaron. No me culpes, escribí esa carta hace tanto tiempo que pensé que no recibiría una respuesta. Me olvidé del asunto por completo.

La última vez me arrepentí de enviarla. No te imaginas cuánto me regañó mamá por regalar 500 wones a una desconocida. Ojalá pudieras devolverme esa moneda. ¿Quién se quedaría con el dinero de una niña?

Después de escribir la carta me pasé un mes rezando todas las noches para que llegara tu respuesta. ¿Cómo puedes haberme tenido dos años esperando y fingir que no ha pasado nada? Y ahora hasta me tratas como a una ladrona.

Si digo esto es posible que te enojes y no me devuelvas la moneda, pero aun así tengo que decirlo:

¿Sigues con problemas mentales? ¿Qué es internet y qué es eso de la escuela primaria? Y no quiero ni oír hablar de eso del buzón lento.

Escúchame bien, ahora mismo estamos en 1984. ¡Despierta!

¿Cómo puedes seguir creyendo que es 2016 después de dos años? ¿Es que vas a seguir diciendo que es 2016 dentro de cien años? Lo siento, pero no soy la misma que era cuando recibí tu primera carta. En ese momento era una ingenua y estaba preocupada por ti, pero ahora no. Estoy en quinto grado y soy lo suficientemente mayor para darme cuenta enseguida de lo que es verdad y lo que es mentira. Conoces a Uri Geller, ¿verdad? Me refiero a ese hombre con superpoderes capaz de doblar cucharas y mover objetos utilizando la telequinesis. En mi clase hay un montón de niños que creen que tienen poderes como Uri Geller. Creen que si practican un poco más podrán mover objetos y teletransportarse. ¿Tú también crees que tienes superpoderes y puedes moverte a través del tiempo?

Nuestro profesor dice que Uri Geller es un fraude y que realmente no tiene poderes. Todo es mentira y son sólo trucos de magia. ¿No estarás intentando hacer algo parecido conmigo? ¿O eres como esas personas que aspiraron demasiado gas de carbón y se han vuelto locas? Si es eso, he oído que tomar sopa de kimchi ayuda.

De todos modos, si me devuelves mis 500 wones fingiré que no recibí esta carta. Ni siquiera se lo contaré a mis padres.

8 de agosto de 1984
Por favor, devuélveme la moneda.

Eunyu

Para la que vive en el pasado

¡Guau! Hasta se me erizó la piel. ¿Realmente es una carta del pasado? ¿De verdad vives en los años ochenta y no en 2016?

¡Alucino! ¿Cómo me ha podido pasar algo así?

Supongo que piensas que voy a reaccionar así, ¿verdad? ¿A quién intentas engañar?

¿Crees que caería con una broma tan tonta? Como me entere de en dónde estás te arrepentirás.

Otra vez para la chica que vive en el pasado

Espera. Un momento.
Hay algo que no encaja.
He estado dándole vueltas y no tiene sentido que sea una broma.

He analizado la situación paso a paso:

La primera posibilidad es que desde el principio tus cartas se hayan entregado en la dirección equivocada también. Nunca te ha llegado mi carta y la tuya no iba dirigida a mí. Sin embargo, eso no tiene sentido porque de alguna manera conocías el contenido de mi carta. ¿Cómo has llegado a leerla? Mi padre es el único que sabe que la escribí y ni siquiera sabe qué puse.

La segunda opción es que me estés gastando una broma, pero eso no tiene sentido por dos razones: la primera es que, como ya he dicho, sabías el contenido de la carta que me envié a mí misma y la segunda es la dirección.

Me refiero a tu dirección. La busqué en internet y ya no existe en Seúl. En el pasado ahí había un barrio residencial, pero lo demolieron para hacer una carretera. Pero, entonces ¿cómo te llegó mi carta?

¿Me estás diciendo que escribiste una carta con una dirección antigua y averiguaste cuándo se creó la moneda de 500 wones y cómo eran las reglas de ortografía antiguas sólo para engañarme?

¿Por qué? ¿Qué ganas mintiéndome?

Por más vueltas que le doy no tiene sentido. Pero vale, digamos que de repente hay una brecha en el espacio-tiempo del universo y te llega mi carta. ¿Cómo es que me llegan a mí las tuyas?

Vives en los años ochenta, ¿no?

Bueno, lo que está claro es que estamos intercambiando cartas, pero tú dices que vives en los ochenta; eso quiere decir que a menos que una de las dos esté mintiendo lo que nos está pasando es muy loco.

Es como viajar entre el pasado y el futuro... ¿Tiene eso algún sentido? Me parece ridículo. Te juro que no estoy mintiendo. Ni estoy mintiendo ni es una broma. Te lo juro por mi vida o, si quieres, hasta por mis vidas después de esta. No tengo ningún problema en la cabeza, estamos en 2016 y tengo quince años.

¿Y tú? ¿Me puedes jurar que no mientes?

Si te has estado inventando todo esto, déjalo ya.

Joder, me tiemblan las manos y no puedo escribir. Dentro de un rato sigo.

Uf, por más que trato de calmarme sigo nerviosa. Oye, ¿podrías responderme lo antes posible? Esto me va a volver loca. Me quedaré con la moneda de 500 que me diste por si las moscas, pero para que no pienses que soy una ladrona te envío un billete de 1 000.

Por favor, responde rápido.

Para la onni horrible

¿Tú otra vez? Cada vez que me olvido de ti vienes a molestarme. ¿Por qué haces esto?

¿Dices que no sabes cómo he podido enviarte una carta? Te lo explico, presta atención: primero la escribo. Luego la echo en el buzón rojo y los carteros la entregan en tu casa. ¿Entiendes? Eso es algo que sabe cualquiera sin haber ido a la escuela popular.

El calor del verano me está matando, así que deja de enviarme esas cartas llenas de tonterías, ¿vale? No tiene gracia.

Pregúntale en qué año estamos a cualquiera que pase por la calle a ver quién es la que miente aquí. ¿Y por qué no me enviaste la moneda de 500 que te pedí? Tampoco es que te vayas a comprar gran cosa con ella, ¿no? ¡Si no me la devuelves serás tú la que conocerás las consecuencias!

He recibido bien el billete de 1 000 que me enviaste. Estoy súper agradecida porque me envíes el doble de dinero, claro. ¿De verdad crees que soy tan tonta para creer que este papel vale 1 000 wones? No sé de dónde habrás sacado esta falsificación, pero al menos deberían haberlo hecho mejor. ¿Quién creería que este billete de juguete es verdadero cuando ni siquiera coincide en tamaño o color con los auténticos?

Te lo repito: no tengo ninguna gana de seguir con estas bromas. Este asunto de tus cartas me está volviendo loca. Por favor, déjalo ya y quédate los 500 wones.

Puede que creas que estás viviendo en 2016, pero estamos en 1985. ¡30 de agosto de 1985 para ser exactos! Por favor, vuelve a la realidad. Y quédate también este billete tan raro.

30 de agosto de 1985
Sintiendo lástima por ti.

Eunyu

Para ti, que eres una afortunada

¡Eh! Espera.

¡No tires esta carta todavía! Lee antes lo que tengo que decirte porque podría cambiarte la vida.

¿Estás segura de que metiste la carta en un buzón normal? ¿De verdad fue un buzón rojo de los que hay por la calle y no uno especial? Bueno, tampoco es que existan los buzones especiales.

¿Estás segura de que mi carta realmente llegó a tu dirección? ¿Ésa del pasado que ya no existe? Joder, se me ponen los pelos de punta.

Antes que nada, lo siento. Cometí un error. Puedo entender que no me creas porque no te he dado ninguna prueba de que vivo en 2016.

He decidido creer que vives en los años noventa. He buscado en internet cómo eran los billetes de 1 000 de esa época y es verdad que eran mucho más grandes y de un color diferente a los de hoy. No me extraña que pensaras que el mío era de juguete.

Que te enojaras así ha hecho que crea más en lo que dices. Si fueras una bromista no me habrías enviado de vuelta el billete.

Pero te juro que no es falso. Es el dinero que usamos en el futuro, en el mundo en el que vivo. Cambiaron los billetes de 1 000 wones en 2007. En otras palabras, acabas de ver dinero del futuro, ¿no es extraordinario?

Tenía miedo de que no me creyeras, así que reuní algunas pruebas. ¿Sabes? Me he dado cuenta de que tardas un año o dos en recibir una de mis cartas, pero en mi caso sólo pasan unas semanas antes de recibir la tuya. Parece que el tiempo funciona de forma diferente en el pasado y ahora.

Como me has dicho que vives en 1985 te diré lo que sucederá después. Si lo que menciono se cumple tendrás que admitir que lo que nos está pasando también es real, que yo vivo en tu futuro y que las dos hemos conectado el pasado y el futuro.

Habrá un ataque terrorista en el aeropuerto de Gimpo justo antes de que se inauguren los Juegos Asiáticos de 1986. Si tienes planes de ir al aeropuerto será mejor que los pospongas.

Roh Tae-woo fue elegido presidente en diciembre de 1987, espero que no sean malas noticias para ti.

¿Sabes que los Juegos Olímpicos se celebrarán en Seúl en 1988? Y en julio de ese año ocurrió un incidente en la televisión. Un hombre salió en MBC News gritando: "¡Hay un dispositivo de escucha en mi oído!". Jajaja. Hasta estaban en directo. LOL.

Ben Johnson, el ganador de la prueba de 100 metros planos de atletismo en los juegos, se descubrió que consumía drogas. Se supo que ganó la medalla por las drogas que le dieron más fuerzas. ¿Por qué consumiría drogas alguien que está compitiendo en los juegos? Por supuesto, quedó descalificado y le retiraron la medalla de oro.

Puf. No puedo creer que me estés haciendo estudiar historia. Está claro que el universo se ha vuelto del revés, ¿qué sentido tiene estudiar historia cuando estoy recibiendo cartas del pasado?

En realidad, nada de lo que te he dicho es tan importante. ¡Lo realmente importante es que G-Dragon nació en 1988! ¡Im Si-wan también! Si yo fuera tú encontraría a G-Dragon lo antes posible y me haría su amiga. No te arrepentirás, aunque sería mejor si pudieras encontrar a BTS.

He buscado todo esto en una enciclopedia, así que debería ser verdad. Lo que es aún más seguro es que yo vivo en tu futuro, así que puedo contarte más cosas sobre tu mundo.

¿Tienes alguna celebridad favorita? Sólo dilo, puedo descubrir qué está haciendo ahora.

Creo que todavía no eres consciente de la situación en la que te encuentras, pero te ha tocado la lotería. Con mi ayuda podrías ser incluso más famosa que Uri Geller. Si te ayudo, claro. Por eso deberías considerarte afortunada y ser más simpática conmigo.

Espero tu respuesta.

No tardes mucho.

18 de febrero de 2016
Eunyu desde el futuro

Para la onni que vive
en un lugar increíble

Tengo el corazón a mil. No estabas bromeando, ¿cierto? La verdad es que pensé que estabas loca de remate. La primera vez que respondí fue por lástima, la segunda porque quería que me devolvieras mi moneda y después porque estaba enojada. Pensaba no responder más si me llegaba otra carta tuya.

¿Te preguntas por qué estoy contestando entonces? Porque estaba viendo la televisión y todo pasó justo como dijiste. Hubo un ataque terrorista en el aeropuerto de Gimpo y murieron cinco personas. No te imaginas los gritos que di cuando me enteré.

¿De verdad me estás enviando cartas desde el futuro?

¿En serio puedes saber todo lo que va a pasar?

Me siento muy rara. Es como si estuviera soñando o fuera poseída por un fantasma. Cartas desde el futuro. Un puente temporal que conecta pasado y futuro… son el tipo de cosas que sólo pasa en los cómics y me parece increíble que me pueda suceder a mí. Si algo como esto realmente puede ocurrir entonces Mazinger Z también existe.

Cuanto más lo pienso, más miedo da. Es como la primera vez que fui al Edificio 63 en Seúl y me temblaban las piernas porque tenía miedo de que se derrumbara por ser tan alto. Pero ahora estoy cien veces, qué digo, mil veces más nerviosa. Para ser sincera, todavía no sé si puedo confiar completamente en lo que dices. Todo esto podría ser una estafa. Después de darle muchas vueltas he decidido que me gustaría llamarte por teléfono. Hasta busqué los nombres de las personas que se llaman igual en la guía telefónica y llamé. Sólo cuando mamá me regañó por la factura del teléfono me acordé de que sólo los adultos aparecen en la guía.

¿Qué debería hacer? No tengo idea, me siento como una tonta.

Por favor, contesta.

14 de septiembre de 1986
Eunyu desde el pasado

Para la chica que está viviendo algo increíble

Hola. Sé cómo te sientes en este momento porque yo también me siento justo igual.

No te imaginas lo nerviosa que he estado mientras esperaba tu respuesta. He estado revisando el buzón TODOS los días y me he pasado el tiempo pegada al teléfono porque quería buscar en internet si alguien había pasado por lo mismo.

De todas formas, ahora me crees cuando te digo que vivo en el futuro, ¿cierto?

La verdad es que yo tampoco sé qué hacer. ¿Por qué nadie enseña cómo actuar cuando a alguien le pasa algo increíble? Este tipo de cosas ni siquiera aparece en internet.

Ésta podría ser la mejor oportunidad de mi vida. ¿Qué pasa si la desperdicio y desaparece de repente? Estoy tan nerviosa que no puedo ni pensar.

No tengo idea de cómo es posible, pero lo importante es que nos está pasando a nosotras.

Podríamos hacer ALGO que cambiara el mundo por completo. Hay que pensar. ¿Y si alguien utilizara su conocimiento del futuro para cambiar el pasado? Si unimos fuerzas no hay nada que nos pueda detener. Hasta podríamos cambiar la historia.

¿Y si te convirtieras en adivina? ¡Serías la mejor de la historia de Corea! A lo mejor hasta nos harían una película. Me emociono sólo de pensarlo.

Si queremos poner el mundo patas arriba necesitas mucha información primero. Así que he buscado en internet y te he escrito muchas cosas que ocurrirán en el futuro. Están en el reverso de esta carta, ¿vale? Y cuéntame si hay alguna que puedas cambiar.

Cuando reciba tu próxima carta espero que la historia haya cambiado.

9 de marzo de 2016
Eunyu desde el futuro

Para la chica del futuro

Aunque sea con un poco de retraso, ¡feliz Navidad! Ahora estoy esperando a que nieve. Ha estado nublado desde la mañana, pero no ha nevado y ha estado muy sombrío todo el día. Lo mejor del invierno es cuando cae un montón de nieve blanca, pero supongo que esto es mejor a que se congelen todas las carreteras. Lo de echar ceniza en los callejones implica un trabajo duro y mamá siempre me pide que lo haga.

Antes de nada, deja que te cuente cómo estoy. Y es que no estoy nada bien. Ah, y también quiero contarte que en unos días cumplo dieciséis.

Lo que significa que en la próxima carta seré mayor que tú y te tocará llamarme "onni". Es un poco divertido, ¿no crees? Era más joven que tú hasta hace poco, luego tuvimos la misma edad y ahora me toca a mí ser la mayor.

Pero bueno, deja que te cuente primero por qué no estoy muy bien.

Dijiste que no sabías qué hacer, pero no es mi caso. Tenía una lista con un montón de cosas que me gustaría y podría hacer si conociera el futuro.

Todos en casa y en la escuela se sorprendieron mucho cuando supe todas las cosas que me escribiste en la carta, pero no me convertí en una adivina como dijiste. Para ser sincera, pretendí un poco ser una vidente. Cuando la gente me preguntaba cómo sabía todas esas cosas les respondí que había visto el futuro en sueños. Al principio sólo lo hacía porque era divertido ver sus reacciones, pero nunca pensé que se convertiría en algo tan importante.

Faltaba poco para las elecciones presidenciales. Papá decía que ojalá ganara cualquiera que no fuese Roh Tae-woo y mamá quería que ganara Kim Dae-jung.

Como seguramente sabes, ese verano pasaron un montón de cosas. Todos los estudiantes universitarios salieron a manifestarse y la policía trató de detenerlos con gas lacrimógeno. Dicen que el gas hace que te piquen los ojos, la nariz y la garganta. ¡Una amiga mía dijo que respiró un poco por accidente mientras estaba en el barrio de Jongno y le picó hasta el trasero!

Que los universitarios salgan a las calles a protestar no es nada nuevo, pero este año fue muy diferente. Dicen que un estudiante muy inteligente murió tras ser torturado. Después de eso las expresiones de la gente cambiaron por completo. Hasta los adultos que chasqueaban la lengua cuando veían a los universitarios protestar cambiaron de actitud. Estaban muy enojados y decían que esas torturas ni siquiera ocurrieron durante la guerra. Hasta los oficinistas con traje y corbata salieron a la calle a protestar.

No sé de dónde sacan ese valor. Yo me asusto con sólo mirar a los policías. Con sólo oler el gas lacrimógeno desde lejos hace que se me encoja el corazón.

Quizá por eso nadie me creyó cuando dije que Roh Tae-woo sería el presidente. Fue algo así:

—Juro que es verdad, va a salir Roh Tae-woo. ¡Lo he visto en un sueño!

—¡Y dale otra vez con las tonterías! ¡Ponte a estudiar! —me regañó mamá.

Papá ni siquiera respondió.

¿Y qué pasó después? Por supuesto, tal como dijiste, Roh Tae-woo se convirtió en presidente y mis padres se quedaron atónitos. A partir de ahí es cuando las cosas se complicaron.

Cuando volví de la escuela mamá me agarró del brazo con una expresión muy seria en la cara:

—Eunyu, dime la verdad. No te regañaré, así que no mientas. ¿De verdad lo viste en sueños?

Por una vez parecía súper preocupada y no me desagradó porque mi madre siempre está regañándome para que estudie, pero realmente no se preocupa por mí.

—Mamá, esto es un secreto. No se lo puedes contar a nadie, ¿vale?

—Claro, puedes contarme lo que sea.

—No lo veo en sueños. Me llegan cartas.

—¿Cartas?

—Del futuro. ¿Te acuerdas de cuando tenía diez años? ¿La ocasión que me llegó una carta de alguien que se llamaba como yo?

Cuando respondí, mi madre cerró los ojos con fuerza. Supongo que debió estar realmente sorprendida. Quiero decir, yo supe quién sería el presidente y todas esas otras cosas que me contaste. ¡Hasta me dijiste cosas que salieron en las noticias!

Ahí empezaron los problemas.

Comenzaron a aparecer talismanes por todas partes en mi habitación. Ayer hasta me encontré un cuchillo envuelto con talismanes debajo de mi almohada. Y eso no es todo, hoy había una chamana haciendo un ritual en el patio de la casa.

Por lo visto, creen que estoy poseída por un espíritu. He intentado explicarles que realmente me llegan cartas del futuro y esa chamana con pinta de fantasma me tiró unos frijoles rojos a la cara y gritó: "'¡Salgan espíritus malignos!'".

¿Sabías que los frijoles rojos son más duros de lo que parecen? Todavía me arde la piel.

No pienso volver a hablarle a nadie sobre las cartas. Voy a mantener la boca cerrada sobre el futuro.

¿Cambiar la historia?

No, gracias, es mejor que todo permanezca como está.

~~27 de diciembre de 1987~~

Eunyu

Estaba a punto de enviarte mi carta, pero entonces me di cuenta de algo terrible.

Dices que vives en 2016, ¿no?... ¡Eso es muy muy malo!

Dicen que el mundo se acabará en 1999. Un profeta muy famoso llamado Nostradamus lo predijo, lo leí en una revista. Pero si lo que dices es verdad, eso significa que el mundo está bien, ¡al menos hasta 2016!

No sé, ¿qué debería hacer? Estoy tirándome de los pelos frente al escritorio.

¡Ay, Dios! ¿Por qué hice algo tan estúpido? Esto sólo te lo diré a ti, es un secreto. No se lo puedes contar a nadie, incluso aunque vivas en el futuro y no me conozcan.

El otro día le confesé a Jeong-su que me gustaba. ¡Tuve que armarme de valor para hacerlo!

¿Sabes lo popular que es? Lo conoce todo el mundo. Algunas chicas hasta se levantan una hora antes para tomar el mismo autobús que él, a pesar de que sus colegios están muy lejos del suyo. Imagínate, renuncian a una hora de dulces sueños y pagan doble precio de autobús sólo por verlo.

La parte terrible es que me rechazó. Me dijo que está demasiado ocupado estudiando como para tener una cita conmigo. Todo es porque no ha nevado. Dicen que tu primer amor se hace realidad si nieva en navidad, ¡pero no ha caído ni un copo de nieve!

Creí que me moriría de la vergüenza. ¡Mi única esperanza era que el mundo se acabara en 1999!

Me aguanté pensando que de todas maneras todo terminaría cuando la tierra fuera destruida en 1999, pero, según dices, ¡no se destruyó y todo sigue bien!

—Oppa, no sirve de nada estudiar si nos vamos a morir.

—¿De qué hablas?

—¿No has oído hablar de Nostradamus? Deberías dejar de leer tantos libros de ejercicios y hojear alguna revista de vez en cuando.

Debí parecer la persona más estúpida del universo. ¿Cómo puedo dejar que vean mi cara en el barrio ahora? ¡Preferiría estar muerta! Ahora el rumor de que Jeong-su me rechazó se extenderá por toda la escuela y lo sabrán hasta los gatos callejeros. Y si además se enteran de que vino la chamana a casa y…

¡Agh!

¿Por qué tienen que pasarme estas cosas?

¿Por qué mi padre es tan miserable? ¿Por qué mi madre tiene que estar todo el rato regañándome? ¿Y por qué no pierden ocasión para compararme con mi hermana la inteligente? Vaya desastre. Pensé que mi mundo se pondría patas arriba tras recibir cartas del futuro y que sería mi oportunidad. Pero todo es un desastre. ¡Odio la navidad y odio la nieve! ¡Y no me hagas hablar de los primeros amores! Mis calificaciones son terribles y estoy casi en cuarto grado de la secundaria. ¿Qué voy a hacer con mi vida? ¿Crees que podría cambiar las cosas si me pongo a estudiar a partir de ahora? Mi profesora piensa que con esas calificaciones será difícil que entre al bachillerato... Ya puedo ir olvidándome de intentar la prueba de acceso a la universidad. ¿Ya han inventado las máquinas del tiempo en el futuro en el que vives? ¿No podrías llevarme allí? Creo que no sobreviviré ni un minuto más aquí. Por favor...

27 de diciembre de 1987
La Eunyu que quiere ir al futuro

Para mi amiga avergonzada

Cálmate. Respira hondo. Inhala y exhala.

La gente no se muere de vergüenza, ¿sabes? Una vez me paso algo aún peor. Cuando iba en la primaria tenía miedo de que los otros niños descubrieran que no tenía madre. Así que, cuando me llamó mi abuela, les mentí y dije que era mi madre. Todos supieron que estaba mintiendo. ¿Te imaginas lo rojísima que se me puso la cara de vergüenza? Creí que me moría, pero el tiempo fue pasando y al final se olvidaron del asunto.

Y no, lo siento, pero todavía no tenemos máquinas del tiempo. No puedo traerte a 2016, así que tendrás que arreglártelas para soportar la vergüenza. De todos modos, el tiempo habrá pasado y estoy segura de que cuando recibas esta carta todo te estará yendo bien.

Creo que tienes razón en lo de no contarle a otras personas sobre nosotras.

Dejé un mensaje anónimo en internet sobre recibir cartas del pasado y me respondieron esto. Ten en cuenta que he copiado la respuesta tal cual.

Hola. He leído atentamente tu pregunta. Parece que estás experimentando una distorsión de la conectividad espacio-tiempo. Primero, permite que te diga que no hay ninguna razón para avergonzarse. En el mundo ocurren cosas que no se pueden demostrar científicamente y tú sólo estás experimentando una de esas cosas. La ciencia únicamente es una disciplina académica y no se puede afirmar que algo sea falso sólo porque no se puede demostrar.

En mi vida también he tenido un montón de experiencias que no se han podido probar científicamente desde que llegué a este planeta hace cuatrocientos años. Si quieres hablar más en detalle sobre el asunto, grita "¡Kantappia!" y me reuniré contigo.

Por un momento me lo creí. Tardé un rato en darme cuenta de que era una broma. Por favor, no le cuentes a nadie que hasta intenté gritar, ¿vale? Ya sabes lo desesperada que estaba.

Debí haberlo sabido desde la primera frase. Otra persona escribió en su respuesta: "Jajaja, ¿quién le ha dejado la laptop a un niño de primaria?". No creo que el mundo esté preparado para creerme.

¿Sabes qué? Apuesto a que ésa es la razón por la que no ocurren cosas especiales. Porque la mayoría de la gente no está preparada para aceptarlas.

Por tanto, no creo que debamos comentarlo con otros. No tengo ningún deseo de que me tiren frijoles rojos a la cara ni de que extiendan rumores de que estoy poseída por un espíritu.

Apuesto a que mi padre me habría tratado de la misma forma que los tuyos si se lo hubiera contado. Creo que mi abuela habría pedido cita con un psiquiatra.

Ah, sí. Sobre ese profeta que mencionaste, Nostradamus. Era realmente famoso, ¿no? Por lo visto hasta hubo algunas personas que se suicidaron porque tenían miedo de que el mundo terminara en 1999.

Hay que ser idiota, ¿no?

No lo digo por ti. Me refiero a los que se suicidaron porque estaban asustados por el fin del mundo. Puedo entender de que la gente se asuste, pero ¿decidir que es mejor no tener un mañana a enfrentarse al posible fin de ese mañana?

El mundo no se acaba tan fácilmente.

La vida sigue.

Dijiste que tu vida es un desastre y está llena de desgracias, ¿cierto?

Desde mi punto de vista no te va nada mal. Al menos tienes una familia normal. Cuando alguien con una familia así se queja frente mí me parece que es una persona mimada.

Yo no tengo madre.

¿Recuerdas mi primera carta?

A mi padre no le importo. Simplemente existo. Es como las cartas que te envío. Aparece de vez en cuando, normalmente cuando estoy a punto de olvidarme de él. Nunca me ha deseado un feliz cumpleaños ni me ha hecho una fiesta o comprado un pastel. Estoy segura de que ni siquiera se acuerda de qué día es. ¿Tienes idea de lo que es vivir con un padre al que no le importa si me escapo de casa o me muero de hambre? Me siento como un fantasma. Un fantasma que deambula sin poder irse al otro mundo a pesar de haber muerto.

Y luego, desde hace un tiempo empezó a mostrar interés por mí.

Hasta me preguntó eso de "¿Cómo te ha ido hoy en la escuela?". Agh, ¿qué se piensa que es la secundaria? Por supuesto que es insoportable.

¿Sabes por qué actúa de esa forma después de pasarse quince años sin que le importara? Pues porque se casa otra vez el año que viene. Así que, gracias a eso, tendré una madre por primera vez, pero realmente odio verlo actuar así. No soy una niña, no lo digo porque se vaya a volver a casar. Lo que de verdad me molesta es su actitud.

Lo único que solía preguntarme es si me quedaba dinero para mis gastos más o menos una vez cada dos semanas. Yo sólo decía que sí porque era más fácil. De todas formas, no importaba lo que dijera, siempre me transfería dinero.

Pero cambió por completo desde que apareció esa mujer. Empezó a hablar conmigo y a sonreír como un idiota.

Odio a esa mujer, podría dar más de cien razones por las que no me gusta, pero para resumirlo de forma sencilla diré que su mera existencia es repugnante. Imagínate vivir sola durante quince años y que de repente tu padre se traiga a una madrastra con esa sonrisa en la cara. Cuando me la presentó casi vomito allí mismo.

Me gustaría decirles que no me importa si se casan y actúan como un par de enamorados mientras me dejen en paz y todo siga como antes, pero si lo hago seguramente dirán que es porque estoy en la edad de la punzada.

Es lo que dicen de los adolescentes que estamos en secundaria. Hablan de la pubertad como si fuera una enfermedad y desde que estoy en secundaria lo que más odio es escuchar esa expresión. Hacen que suene como si todo lo que yo digo fuesen quejas que lanzo sin pensar por las hormonas.

En eso te envidio.

No tienes a todo el mundo etiquetándote con lo de la "edad de la punzada". Tu padre no es un falso y tienes una madre de verdad. Además, el tiempo en tu mundo pasa muy rápido. En el mío sólo han sido dos meses, pero para ti ya han pasado años. Serás una adulta mucho antes que yo.

A mí todavía me faltan cinco años para eso y me gustaría largarme lo antes posible. Lo viste en mi primera carta, ¿no? Que estoy planeando escaparme.

Al hablar de escaparme de casa parezco una chica problemática, pero sería más adecuado llamarlo independizarme que huir. En realidad, tengo un plan muy detallado al respecto.

En primer lugar, necesito un sitio para vivir. Las casas normales son muy caras, así que estoy buscando esas habitaciones pequeñas que se llaman *gosiwon*. No hablo de esos lugares viejos en los que nadie barre, sino de uno limpio y seguro sólo para chicas. El problema es que la diferencia de precio es grande.

Por eso estoy intentando ahorrar lo suficiente para pagar varios meses de alquiler y mis gastos. En cuanto me independice empezaré a trabajar medio tiempo, pero tengo que estar preparada para cualquier situación inesperada.

En realidad, me preocupa mucho lo de encontrar trabajo. No hay muchos que puedan hacer los menores. Podría intentarlo en alguna tienda de conveniencia o un cibercafé, pero he oído que pagan poquísimo.

Tengo muchos planes de futuro en la cabeza, pero nadie lo sabe. ¿No tiene gracia? Nadie a mi alrededor tiene idea, pero una persona del pasado a la que nunca he visto en persona conoce mi historia.

Bueno, ya es suficiente hablar sobre mí. Hablemos de nosotras.

Como estoy en el futuro puedo descubrir qué ocurrió en el pasado si quiero. Por suerte, puedo usar una cosa que llamamos *internet*. Eso quiere decir que puedo ayudarte y hacer tu vida mucho más fácil. Incluso podría mirar las preguntas de la prueba de acceso a la universidad que mencionaste. Esa prueba de la que hablas debe ser como nuestros exámenes para entrar en la universidad, ¿no?

Puede que me lleve algo de tiempo porque fue hace mucho tiempo, pero si busco las preguntas de exámenes anteriores creo que podré encontrarlas.

Te devolveré el futuro al que renunciaste por el viejo Nostradamus.

¿Ves? ¿Qué te dije? Si unimos fuerzas podemos hacer cosas increíbles.

15 de marzo de 2016
La Eunyu del futuro

14

Para mi joven amiga que va a hacer algo increíble

Hola. ¿Cómo has estado? ¿Cómo está el clima en 2016? Por aquí bastante frío, así que estamos preparándonos para el invierno.

Por estas fechas siempre hay mucho alboroto en el barrio. Mamá se pasa el día hablando con otras señoras sobre cuánto kimchi hacer y la tonta de mi hermana se queda estudiando hasta tarde, aunque no va a presentar los exámenes de acceso. Últimamente escucho canciones como "Dam Da Dee" y estoy deseando que lleguen los festivales de música de la universidad.

Mis padres dicen que este año su único deseo es que no nos quedemos sin briquetas de carbón en todo el invierno y que yo siente la cabeza y estudie. ¿No te parece injusto que me presionen para que estudie cuando sólo le queda un mes al año?

Entretanto me llegó tu carta de la nada. Esta vez la estuve esperando todavía con más ganas que otras. ¿De verdad es posible encontrar las preguntas de los exámenes? ¿Tan bueno es ese "internet"? ¡No sé qué quiere decir, pero si sabe ese tipo de cosas debe ser como una enciclopedia del futuro!

¡Oh! Casi me olvido. ¿Te he contado ya que tengo dieciséis años? Y en un mes cumplo los diecisiete. No es que quiera ponerme en plan hermana mayor en esta carta, pero tengo un montón de cosas que contarte. Por favor, aunque sea un poco larga léela hasta el final con paciencia.

En primer lugar, como puede que sientas curiosidad deja que te cuente lo que pasó después de mi desastrosa confesión. Tenías razón. No me morí de la vergüenza. No se me puso la cara colorada con sólo mirar a Jeong-su, y mis amigas tampoco se burlaron mucho tiempo. Supongo que es normal porque todo eso ya es agua pasada.

¿Quieres oír algo alucinante? Jeong-su está saliendo con mi hermana. Después de rechazarme porque decía que tenía que estudiar. ¡Qué descarado! ¿No te parece increíble?

Cada vez que le hablaba de salir con alguien, mi madre se negaba diciendo que arruinaríamos nuestros estudios y nuestras vidas, pero en cuanto vio a Jeong-su cambió totalmente de opinión.

¿Cómo no iba a hacerlo? A todo el mundo le gusta Jeong-su. Es alto, encantador e inteligente.

Últimamente mi madre no para de presionar a mi hermana para que salga con Jeong-su porque desde que están juntos sus notas han mejorado. Mi hermana dice que es un genio y lo sabe todo.

Aunque a papá y a mí no nos gusta. Según papá todos los hombres son unos canallas sin importar lo listos o guapos que sean. En esto estoy de su lado.

Mamá cree que Jeong-su y mi hermana van siempre a estudiar a la biblioteca o algo así, pero no es verdad. Todo el mundo sabe que estuvieron teniendo citas durante los Juegos Olímpicos. La semana pasada le dijeron que irían a la

47

biblioteca, pero los vi saliendo del teatro tomados de la mano. Lo vi claramente.

¡Ja! Espero que esos dos reprueben sus exámenes de acceso a la universidad.

En fin, ¿de verdad todavía tienes quince años? Me pregunto por qué el tiempo pasa tan despacio en el futuro. No me extraña que estés harta.

De todas maneras, eso de la "edad de la punzada" me parece algo cruel. ¿Acaso no ha pasado todo el mundo por lo mismo? Me parece injusto que lo describan como si fuera una enfermedad. Pero, sinceramente, después de leer tu carta creo que entiendo un poco por qué los adultos te dirían algo así.

¿De verdad estás pensando en escaparte de casa? No estarás fumando a escondidas ni tiñéndote el pelo o cosas así, ¿verdad?

No puedo estar de acuerdo con lo de escaparte, no es algo que se deba tomar a la ligera. Una vez que te marchas, no sabes cuándo ni dónde podrían secuestrarte. Lo mismo sucedería si pierdes el conocimiento y cuando te despiertes estás en un barco pesquero en alguna parte.

No quiero sacar este tema, pero ¿cómo no voy a decir nada? Tampoco pienso que seas ninguna delincuente. Sólo digo que no deberías escaparte de casa porque estés un poco harta de tu padre.

Decías que tu padre no te prestaba atención, ¿no? Todos los padres son así aquí en Corea. Las madres se ocupan de la educación de los hijos y la mayoría de los padres trabajan fuera de casa, hasta se nota en la manera en que nos dirigimos a ellos.

Que te moleste tu madre ya es bastante. Se supone que los padres se enfocan en el trabajo, así que creo que estaría súper molesta si tuviera a mi padre metiéndose con mis calificaciones, mi manera de vestir o mi actitud después de todo lo que me dice mi madre.

Bueno, como dijiste que no tienes madre puedo entender que te gustaría recibir toda esa atención de tu padre. Lo entiendo. Pero ¿alguna vez has pensado lo difícil que debe ser para él hacerse cargo del trabajo de tu madre y también del suyo? Antes de exigirle atención de madre y padre deberías pensar en si estás haciendo bien tu parte.

Tu padre no es tu sirviente. Nadie es perfecto, siempre hay partes buenas y malas en cada persona. No puedes pedirle que sea perfecto.

No lo olvides: **tu padre no es perfecto, sólo es tu padre.**

Sé que decirte esto no te va a animar para nada y sé que no es el tipo de respuesta que te gustaría. También tienes derecho a estar enojada conmigo por decirte cómo tienes que vivir tu vida.

Aun así, si un destino especial nos ha unido de esta forma creo que puedo entrometerme un poco y tal vez lo que te digo podría ayudarte.

Espero que sepas que sólo digo esto porque creo que escaparte de casa es algo muy serio. Hay mucha gente buena en el mundo, pero también hay auténticas hienas que se aprovechan de la gente joven e indefensa. Y sólo tendrás dieciséis años cuando te escapes, ¿cierto? ¿No te parece muy fuerte escaparte a los dieciséis?

Para mí es como si te hubieras decidido a saltar desde un barranco. ¿Cómo se sentiría tu padre si te escapas? Le dolería mucho ver que su única hija se ha ido. Si me pasara a mí creo que no me podría recuperar de una traición así.

Ay, Dios. No puedo creer que te escapes de casa porque tu padre se casa. ¿No crees que es un poco exagerado? Podrías abrir la mente e intentar dar la bienvenida a tu madrastra. ¿Por qué no confías en tu padre y le das una oportunidad? No es como si fuera un cuento de hadas en el que las madrastras son automáticamente malvadas.

Últimamente, me estoy dando cuenta de que no hay nadie en el mundo que se sienta feliz consigo mismo. Todos piensan que su vida es miserable en comparación con la del resto, pero eso no justifica darse por vencida o poner en peligro tu propia vida. No creo que sea lo correcto.

Conoces las Olimpiadas del 88, ¿no? Un montón de deportistas compiten con todas sus fuerzas, pero sólo una persona se lleva el oro en cada categoría. ¿Quiere decir eso que todo el trabajo y el sudor de los demás ha sido en vano? ¿Está bien que nos olvidemos de eso?

Si nuestras vidas son como las Olimpiadas lo que estás pasando ahora es como el periodo de entrenamiento. Es realmente difícil y agotador para todo el mundo, pero no todos los deportistas se marchan porque el entrenamiento sea difícil. Aprietan los dientes y resisten. No quiero decir que tengas que aguantarlo todo de forma incondicional ni tampoco que tengas que pasar por ello sola. Haz como los deportistas, consigue gente como entrenadores, rivales y compañeros que te ayuden. ¿No te serviría para que encuentres una mejor solución?

Sé que quizá mi carta hiere tus sentimientos y he estado dudando porque a lo mejor te enojas y no me envías esas respuestas para los exámenes. Podría haber escrito sólo lo que querías oír y conseguir lo que yo necesitaba. Pero simplemente no puedo hacerlo.

Dijiste que podríamos hacer algo increíble juntas. Hagámoslo. Unamos fuerzas para hacer algo realmente grande y olvida esa rebelión adolescente de escapar de casa.

26 de noviembre de 1988
Desde el pasado

Para la del pasado

Gracias por tu carta. Me hizo pensar mucho. Y tienes razón. No tienes derecho a decirme cómo vivir mi vida. Estás entrometiéndote sin saber NADA sobre mí y tu consejo es una porquería.

Afirmas que todos piensan que su vida es la más infeliz. Eso no es verdad. No es que piensen eso, lo que sucede es que sólo piensan en sí mismos. Ni siquiera son capaces de ponerse en el lugar de los demás ¿Sabes por qué? Porque son egoístas.

Me acabas de enviar una carta increíblemente egoísta.

¿Qué te has creído? ¿Me estás juzgando sin saber? No asumas que lo sabes todo sólo porque hayamos intercambiado algunas cartas.

¿Crees que pienso escaparme de casa porque busco atención? Supongo que tú también me ves como a alguien "en la edad de la punzada". Pero no es eso, lo único que quiero es independencia.

Dijiste que tienes dieciséis años, ¿no? Pues ésa es la edad a la que pienso largarme. ¿Con qué derecho me dices que dieciséis son pocos años para irme de casa cuando tú tienes la misma edad?

¿Sabes qué? Al menos yo no tiro mierda a gente de la que

no sé nada y que está atravesando un problema. ¿Te has puesto un disfraz de "hermana mayor"? Lo siento, pero eso no va conmigo y no pienso seguirte el juego.

Si estuviera actuando de forma inmadura por mi enojo, ¿crees que lo habría planeado con un año de anticipación? Simplemente saldría corriendo. No soy ninguna idiota. Tengo mis ideas y mis planes. No es que me vaya de casa porque sea una histriónica.

¿Y qué es eso de que los hombres salen y las mujeres cuidan de los niños? Creía que vivías en los años ochenta no en la dinastía Joseon.

Seas hombre o mujer, si te conviertes en padre tienes que querer a tu hijo. Nunca se me ha ocurrido pedirle a mi padre que sea tanto un padre como una madre.

No tienes ni idea.

¿Alguna vez has entrado en casa el día de tu cumpleaños y te lo has encontrado todo a oscuras? ¿Alguna vez te has despertado por la mañana y no había nadie en casa? ¿Has tenido que preguntarte por qué tu padre nunca te ha llamado por tu nombre? ¿Y alguna vez todo eso te ha hecho sentir tan mal que no has podido aguantar sin llorar?

A pesar de todo, estaba bien.

Aunque llegara cada día a una casa a oscuras, nadie me despertara por las mañanas o se pasara todo el día sin dirigirme una sola palabra como si fuera un fantasma, yo seguí estando bien.

Un día tuve una pelea enorme en la escuela y me tocó escribir una carta de disculpa. Escribí que no tenía nada de qué disculparme porque la otra chica había empezado primero y la profesora me pidió que la firmara mi padre. Así que pensé, bueno, puedo hacer eso.

Me pasé todo el día esperándolo. Sentía que lo que había pasado en la escuela era tan injusto que me moría por contárselo. Quería que al menos alguien en todo el mundo estuviera de mi lado, así que lo esperé y esperé para contarle mi historia. ¿Y adivinas qué hizo cuando llegó de madrugada? Huyó a su habitación como si yo tuviera alguna enfermedad contagiosa. Ni siquiera me preguntó qué hacía despierta a esas horas ni por qué tenía los ojos hinchados o qué había pasado. No dijo una sola palabra.

Todavía me acuerdo del chasquido que hizo su puerta al cerrarse. Fue como si me diera un portazo en la cara para evitarme y como si cerrara la puerta a mi corazón para no abrirla más.

¿Sabes cómo me sentí en ese momento? Miserable. Estaba asustada. Fue terrible.

¿Por qué mi padre me miraba con miedo en los ojos?

¿Qué clase de padre hace algo así?

Siempre fue así. Nunca me preguntaba cómo estaba. ¿Te imaginas cuánto he querido escuchar esas palabras? ¿Sabes cuánto las he esperado?

Quería contarle sobre la niña que decía que sentía lástima por mí porque no sólo no tenía madre, sino que también era como si no tuviera padre. Yo estaba bien, pero ella no dejaba de mirarme y decir que le daba lástima. Por eso nos peleamos. Ni siquiera quería escribir esa carta de disculpa. Esperé durante todo el día a mi padre para contarle aquello. Había un montón de cosas que quería decirle, pero ¿por qué nunca…?

¿Por qué nunca me preguntaba nada?

Tenía tanto que contar que sentía que me iba a explotar el pecho, pero por alguna razón me quedaba sin decir nada como una tonta.

No te pido que entiendas mis sentimientos, pero al menos no hables sin estar bien enterada porque no tienes idea de cómo se siente estar tan frustrada que piensas que vas a explotar.

23 de marzo de 2016
Eunyu

Para Eunyu

M e puse a escribirte en cuanto me llegó tu carta. ¿Estás bien? Me sorprendió mucho tu respuesta. No imaginé que mi carta te haría sentir tan mal. Es sólo que estaba preocupada por ti…

¿No podría ser que hubiera algún malentendido? Me pregunto por qué un padre tendría miedo y evitaría a su hija. A lo mejor le pareció que estabas muy enojada ese día.

A veces cuando me enfado con mi hermana le grito y ella simplemente se aleja como si no hubiera oído nada. Es realmente frustrante. Cuando le pregunto por qué me ignora, me mira y dice: ¿Qué voy a escuchar si sólo dices estupideces?

Luego me vuelvo a poner furiosa, pero ella actúa como si nada. Dice que si quiero hablar con ella primero me calme y lo diga sin gritar porque, de lo contrario, no piensa escuchar una palabra.

Lo que quiero decir es que al final la persona que se enoja siempre es la que pierde. Intenta calmarte y luego habla con tu padre, porque escapar de casa a lo mejor no va a ayudarte a solucionar los problemas. Deberíamos encontrar una mejor manera de hacerlo.

Si la situación es todavía más grave de lo que pienso, ¿qué tal si buscas a alguien que pueda ayudarte? Ojalá hayas podido solucionar el problema con tu padre en la próxima carta.

4 de abril de 1989.

Estaré esperando tu respuesta

Al pasado

No puedo fingir que está todo bien. Nunca me imaginé que en esta carta que he estado esperando más de diez días me fueras a decir simplemente que pida ayuda. ¿Estás bromeando? ¿Pedir ayuda? ¿A quién se la iba a pedir? ¿Te parece que tendría sentido que llamara a la policía y dijera que mi padre no me llama por mi nombre porque me tiene miedo? ¿Crees que luego vendrían a preguntarle por qué le tiene miedo a su hija y le pondrían una multa?

¿Cuánto crees que deberían saber los hijos sobre sus padres? Como mínimo, es normal conocer sus nombres, edades y rostros, ¿no?

Pues yo no sé absolutamente nada sobre mi madre. No sólo no conozco su cara, sino tampoco su nombre, edad ni cómo falleció. No sé qué clase de personas eran mis parientes maternos o si existieron siquiera.

Nada de nada.

Nadie me dice nada sobre mi madre. Me encantaría averiguar algo, pero ni siquiera puedo preguntar porque tendría que volver a ver esa cara que pone mi padre.

Una cara roja y totalmente distorsionada, como si le hubiera pasado la cosa más terrible del mundo.

No me diría nada sobre ella ni aunque se estuviera muriendo. ¿Qué tiene que ocultar? ¿Acaso hay algún secreto inconfesable?

Lo único que sé sobre mi madre es eso que murmuró una vez mi abuela: "Con lo buena que era. Es una injusticia que nos tuviera que dejar así...".

En casa no tenemos ni una fotografía suya. Mi padre dice que se quemaron en un incendio, pero no sé si estará mintiendo. Me pregunto si realmente existió mi madre. Si fue así ¿por qué nadie sabe nada sobre ella? Es muy frustrante.

¿Qué demonios me está escondiendo mi padre?

Cuantas más vueltas le doy, más locas son las teorías que se me ocurren.

Estoy segura de que hay algún secreto entre mi padre y mi madre. De lo contrario, no habría ninguna necesidad de ocultármelo de esta manera.

Cuando era pequeña llegué a pensar que realmente no era mi padre. Di por sentado que era adoptada o que alguien me había abandonado en la puerta de casa y que por eso no podía decirme nada de mi madre.

Pero cuando crecí un poco me di cuenta de que seguramente no fue así. En ese caso mi abuela no habría hablado de lo buena que era mi madre.

Entonces ¿cuál era el problema?

¿Por qué no me han dicho nada sobre mi madre? Seguí preguntándomelo y cada vez se me ocurrían respuestas más crueles.

¿Sabes qué llegué a pensar al final?

Que quizá mi padre la había matado.

Sé que estarás preguntándote cómo se me pudo ocurrir algo tan retorcido.

Pienses lo que pienses me parece la respuesta más probable. No estoy diciendo que sea violento porque nunca me ha golpeado, ni siquiera de broma. Pero no tengo idea de qué pasa cuando bebe. El alcohol cambia a la gente.

Verás, mi padre no bebe casi nunca. Actúa como si algo terrible fuera a ocurrir si lo hace, pero de vez en cuando llega a casa borracho. Y cuando eso sucede, se supone que yo debo estar en casa de mi abuela para no tener que verlo en ese estado. ¿Acaso es como la historia del doctor Jekyll y el señor Hyde?

¿Dices que confíe en mi padre?

¿Podrías confiar en un padre que te oculta por completo la existencia de tu madre? ¿Confiarías en la mujer que te acaba de presentar como tu nueva madrastra?

¿Esa mujer?

La verdad, me da igual el tipo de persona que sea. Lo importante es que yo estaba mucho mejor antes de que apareciera. Prefería a mi antiguo padre, aunque no se preocupara por mí. Al menos los dos estábamos solos, pero ahora es diferente.

Él tiene a alguien y yo sigo sola.

No me importa lo que digas, pienso independizarme. Me largaré de esta casa y descubriré de una vez el secreto sobre mi madre. Alguien que ha crecido en una familia normal y perfecta nunca lo entendería. No sabes qué es sentirse deprimida y verdaderamente sola.

Apuesto a que nunca has estado asustada porque tu padre te olvidara de la misma forma que mi padre parece haberse olvidado de mi madre.

No te estoy pidiendo que intentes entender cómo me siento. No quiero que lo hagas. Así que ni se te ocurra darme consejos ridículos.

Ahora que lo pienso, en realidad tú eres la única que se beneficia con estas cartas. Para ti es bueno conocer el futuro, pero para mí no cambia nada saber el pasado, ¿no? Así que retiro lo dicho. No creo que podamos hacer nada juntas. No te molestes en contestar.

7 de abril de 2016
Eunyu

Para la Eunyu del futuro

Hola.

Ya es primavera por aquí. Hasta hace unos días hacía fresco y no parecía que hubiera llegado la primavera todavía. Me preguntaba cuándo terminaría el maldito invierno, pero hoy hizo un sol deslumbrante que casi cegaba.

La gente es extraña, ¿no crees? Nos acostumbramos a cosas a las que pensábamos que nunca nos acostumbraríamos y vivimos con ellas. Yo ahora estoy acostumbrada a la escuela, y llegar a casa a las once de la noche se ha vuelto muy normal.

Con tus cartas es lo mismo. Hubo un tiempo en que recibir una carta tuya me parecía tan impactante como que me cayera un rayo encima, pero a partir de algún momento se convirtieron en algo que daba por sentado. A lo mejor por eso cuando te respondí no lo pensé demasiado, como si le estuviera respondiendo a una amiga. Fui tan insensible que incluso estoy enojada conmigo misma por lo que te dije.

Leí tu carta una y otra vez y pensé mucho sobre ella. Dijiste que no querías una respuesta, pero ¿cómo no iba a contestar?

Te prometo que he leído tu carta detenidamente y lo que quiero decir es… bueno, ¿es todo cierto? Si realmente es el caso…

Lo siento de verdad.

Fui una insensible y lo siento de corazón. Entiendo que estás en una situación muy frustrante y que te quieras marchar de casa.

¿De verdad tu padre no te cuenta absolutamente nada sobre tu madre? Eso no tiene sentido. Es natural que una hija quiera saber sobre su madre. Aunque haya fallecido deberías saberlo. Es un poco raro que tu padre te lo esté ocultando. A cualquiera se lo parecería.

A lo mejor... ¿será que tu madre sigue viva y que como tienen muy mala relación entre ambos simplemente no te lo dice? O quizá... puede que tu madre no te quisiera. Perdona, no es mi intención ofenderte, es sólo que tal vez hay alguna otra razón detrás. De todas formas, lo que parece seguro es que hay algún tipo de secreto que ni siquiera podemos imaginar.

Quizás ahora mismo estás enfadada y de mal humor, pero escúchame sólo por una vez. El hecho de que vivamos en mundos tan diferentes e intercambiemos cartas podría significar que existe una relación especial entre nosotras. Así que, ¿qué tal si intento ayudarte un poco?

Ya sabes que vivo en el pasado. Si me dices más cosas sobre tus padres podría intentar buscarlos. Cuanto más vueltas le doy más, pienso que hay un montón de formas en las que podríamos ayudarnos mutuamente.

Encontraré a tus padres en el pasado y te contaré sobre tu madre mientras tú me ayudas con mi futuro.

Por ejemplo, podrías decirme dónde hay algún tesoro, dónde encontrar la Esfera del Dragón o ayudarme a conocer a un dragón que esté vivo.

O si todo eso es demasiado difícil, podrías simplemente darme las respuestas de los exámenes de los que hablamos.

No es que quiera competir contigo por ver quién tiene una vida más miserable ni nada por el estilo, pero ya que me has contado tu historia con sinceridad te hablaré un poco de la mía. Dijiste que mi familia era perfectamente normal, ¿no?

No sé si esas dos palabras encajan con nosotras, pero si por "hogar normal" entiendes unos padres perfectos, una hermana que te quiere, aunque tengas alguna pelea de vez en cuando y unos ingresos decentes, no creo que sea nuestro caso.

He sido un poco lenta desde niña. No es que fuera deficiente, recuerdo que se me daban mal las matemáticas y tuve que estudiar más para aprenderme las tablas de multiplicar, pero tampoco es que estuviera teniendo un rendimiento tan malo sólo por eso.

El problema es que para mi madre todos los estándares los representaba mi hermana mayor. Eso fue el principio de todas mis desgracias. Odio cómo mi hermana siempre es la primera de la clase. También es guapa y se le dan bien los deportes. No hay quien lo entienda, pero a pesar de su personalidad horrible también es muy popular entre sus compañeros.

Cree que tengo un coeficiente intelectual más bajo que el de un delfín.

Ella no es capaz de entenderme. Mi hermana monopoliza toda la atención de los representantes de clase y el cariño de los profesores. ¿Sabes cómo me llaman a mí? La hermana pequeña de Saemi.

¿Sabes cómo se siente que te estén comparando con otra persona constantemente toda la vida?

Me ha pasado esto desde que aprendí a caminar. Agh, mi madre se ponía en plan "nuestra Saemi empezó a caminar a los diez meses, pero Eunyu ha tardado doce".

Hubo un tiempo en el que estudiaba como una loca para recibir algún elogio de mi madre, pero no importaba lo que hiciera, si lograba conseguir 100 puntos en una materia mi hermana lo hacía en todas.

Mi madre siempre dice: "Si tan sólo pusieras la mitad de empeño que tu hermana...".

Es una experta en discriminar y comparar y casi tiene un doctorado en falsedad. Cuando vienen sus amigas a casa actúa como si mi hermana fuera la única hija. Tengo que saludarlas y quedarme encerrada en mi habitación o salir directamente de casa.

Para el cumpleaños de mi hermana siempre compra pastel, plátanos y una vez hasta le regaló unos zapatos deportivos Nike, pero en el mío nada. Siempre heredo todo de mi hermana y cuando le pido otros zapatos deportivos me dice que siga usando los que tengo porque están bien, a pesar de que una vez tuve que sentarme en el suelo y cambiarles yo misma las suelas.

Por eso decidí ser la problemática en nuestra casa. La que siempre responde, nunca escucha y defrauda sus expectativas.

Aun así, creo que le doy cien vueltas a mi hermana. Me quedan mucho mejor las gafas de aviador y el flequillo. Y también se me da mucho mejor bailar la coreografía "Like an Indian Doll".

Te preguntarás qué hay de mi padre.

Tiene tan buen corazón que todos sus amigos terminan estafándolo. Amigos del pueblo, de su escuela... todos los que necesitan dinero vienen a verlo. Es un banco con patas.

Es como si fuera por ahí gritando que regala el dinero como un vendedor ambulante sin ninguna intención de recuperarlo.

Justamente el año pasado hubo un revuelo porque mi padre le prestó a un amigo del pueblo el dinero que teníamos ahorrado para el carbón. Debido a eso nos pasamos el invierno congelándonos mientras racionábamos al máximo las briquetas. ¡Hasta podía ver mi propio aliento cuando estaba en mi habitación!

En resumen: que soy fea, tonta y pobre. Podría seguir y seguir, pero creo que ya te haces una idea.

Pero si después de todo esto sigues envidiando a mi familia quiero que sepas que tú también tienes otra familia.

Me refiero a mí.

Yo puedo ser tu onni.

Sé que no me quieres ver de esa forma, pero la verdad es que ya tengo dieciocho años y la próxima vez seré todavía más mayor.

Te prometo que lo haré bien. Escucharé todos tus problemas e intentaré ayudarte a resolverlos.

Va en serio. Creo que tienes derecho a saber quién es tu madre. No sé por qué tu padre te lo está ocultando, pero estoy segura de que podemos averiguarlo juntas.

Buscaré a tu madre.

Averiguaré qué tipo de persona era, cómo murió y cuál es el secreto que te ocultan. No estoy segura de si es posible o lo correcto, pero lo intentaré.

Leí en alguna parte que hay la misma cantidad de buena y mala suerte en la vida de una persona. Por eso, si ahora mismo te sientes desgraciada, estoy segura de que tu futuro estará lleno de fortuna.

De todas formas, estoy segura de que nuestra gran suerte comenzó cuando descubrimos que estamos conectadas mutuamente.

20 de marzo de 1990
Tu onni, Eunyu

Para la "onni" que se llama igual que yo

¿A estas alturas me llega tu carta? No te imaginas la de veces que he rebuscado en el buzón.

Lo admito. Me moría de ganas de leer tu respuesta. No iba en serio para nada cuanto te dije que no contestaras.

¿Has tardado tanto en contestar porque te ataqué? Sinceramente, tenía miedo de que no volvieras a escribirme. No te imaginas lo mucho que me arrepentí después de enviarte esa carta... Siempre me pasa igual. Cuando me enojo lo suelto todo sin control hasta que me tranquilizo. Lo siento.

Por cierto, ¿de verdad estás en la secundaria ahora? Siento que ayer todavía eras una niña pequeña. Supongo que ahora tú eres la onni de las dos.

Bueno, parece que me toca llamarte onni.

Al principio creí que se sentiría raro llamar onni a alguien que tenía diez años, pero no es para tanto. Si me detengo a pensarlo tú naciste muchos años antes que yo, así que da lo mismo que tengas diez o dieciocho años, siempre serás mayor.

Y sé que es un poco empalagoso reconocerlo, pero me encanta leer tus cartas. También disfruto la espera. No sabemos qué aspecto tiene la otra y sólo hemos intercambiado unas cuantas cartas, pero siento como si nos conociéramos desde siempre.

Poco a poco tus cartas me han hecho pensar más en mí misma. Siento que todo el mundo sigue creciendo, incluida tú, mientras yo sigo aquí enfurecida, así que voy a intentar ser menos infeliz.

En mi época no hace falta esperar para recibir las cartas. Sólo se tarda unos segundos enviar un mensaje por Kakaotalk. Creo que por eso me enojé y te dije lo que sentía en ese momento. Así que, por costumbre, te solté todo eso porque con Kakaotalk se puede responder enseguida. Hasta se puede saber si la otra persona ya ha leído el mensaje, pero con las cartas hay que esperar una o dos semanas para obtener una respuesta y ni siquiera hay garantías de que vayan a llegar en ese tiempo. Espero que no pienses que estoy loca.

Por eso, mientras esperaba y esperaba pensé que a lo mejor había sido demasiado dura. Me arrepentí mucho y me preocupé.

Perdí los estribos con tu última carta. Dije algunas cosas muy malas, pero no te enojaste conmigo... Eso me hizo sentir todavía más culpable.

¿De verdad serás mi onni? Pero nada de retirar lo dicho, ¿eh? Tienes que prometerlo.

Y tenías razón. Siempre he pensado que yo era la única que estaba enfadada y era infeliz. Creía que era diferente del resto, así que cuando otras personas la pasaban mal y se quejaban me parecían infantiles.

He sido una tonta. Realmente lo siento por asumir que tenías una vida feliz y perfecta sin tener ni idea de cómo te sentías.

69

Después de escuchar tu historia creo que tú también debes haberla pasado muy mal. No me imagino cómo sería tener una hermana tan perfecta. Suena molesto. ¿Qué clase de madre tiene de favorita a una hija sólo porque es mejor estudiante? A lo mejor eres tú la que tendría que pensar en escapar de casa.

Hablando de escapar, sé que estás muy preocupada porque yo lo haga.

Pero no tienes de qué preocuparte. ¿Crees que voy a dejar que los tipos malos se acerquen a mí?

Y tampoco voy a hacer ninguna de esas cosas de "delincuentes" de las que hablas. Piensa que simplemente me independizaré un poco antes que otros de mi edad. Me lo estoy tomando en serio y también estoy buscando trabajo.

No recuerdo si te lo dije la última vez, pero me gustaría probar con trabajar en una panadería y en una cafetería. Así aprendería a hacer café y pan y estaría matando dos pájaros de un tiro porque ganaría dinero con algo que me encanta. El problema es que no me darían trabajo de medio tiempo por mi edad.

¿Ya te he contado cuál es mi sueño?

Me gustaría abrir mi propia cafetería. Hasta tengo pensado el menú.

Por supuesto, haría café, pero también bebidas de frutas y frappés. Creo que sería buena idea vender barato y repartiría gratis mis galletas de la felicidad a las personas que se sintieran solas. Como son gratis no podría hacerlas muy grandes, sino pequeñas como una moneda de 500 wones. Justo del tamaño de la moneda de la suerte que me diste, ja, ja. Oh, y creo que las llamaría "galletas-moneda de la suerte". Muchas gracias.

Pintaría la cafetería de blanco. Espera, mi abuela dice que el blanco es muy difícil de limpiar, ¿sería mejor en negro? Negro podría ser demasiado deprimente. Tengo que pensarlo un poco más.

¿Sabes por qué mi sueño es tener una cafetería? En realidad, me da mucha vergüenza decirlo, pero como ahora eres mi onni te lo voy a contar.

Cuando era niña me pasaba casi todo el tiempo en casa de mi abuela porque mi padre trabajaba hasta muy tarde, pero odiaba quedarme allí porque cada vez que me veía mi abuela chasqueaba la lengua y decía: "Ay, pobrecita".

Por eso odiaba que la gente fuera simpática conmigo porque pensaba que lo hacían por lástima, así que fingía que tenía madre cuando estaba en la escuela primaria.

Cuando estaba en cuarto grado le dije a mi abuela que no me daba miedo estar sola por más que mi padre llegara tarde y le supliqué que me dejara ir a casa. Insistí en que ya era mayor y no hacía falta que me quedara con ella, así que dormí sola por primera vez... Esa noche me hice pipí.

Me desperté en mitad de la noche porque necesitaba ir al baño, pero no pude ir porque me daba miedo. No podía ir, aunque sabía que el baño no iba a atraparme y devorarme ni nada por el estilo. Me aguanté hasta que no pude más y me oriné.

Era demasiado orgullosa para decírselo a mi abuela y mi padre, así que seguí tapándome con la misma manta cuando se secó. Unos días más tarde vino mi abuela a casa y lo supo al instante. ¿Cómo no iba a darse cuenta? Olía por toda mi habitación.

Mi abuela se enojó y se puso a chasquear la lengua mientras me decía que cómo se me ocurría dormir con esa manta como una tonta y que tenía que habérselo dicho. Yo estaba segura de que mi padre también diría algo, que se enfadaría o sentiría lástima por mí, pero sólo se me quedó mirando sin decir nada.

¿No crees que incluso a cualquier desconocido le daría pena una niña que mojó la cama porque tenía miedo? ¿Cómo puede ser que alguien que dice ser un padre no diga absolutamente nada? En ese momento no lo entendí, aunque más tarde supe por qué.

No dijo nada porque así era como pensaba seguir tratándome el resto de mi vida.

Me siguió sucediendo cuando él llegaba tarde a casa. Me da una vergüenza terrible, pero simplemente pasaba. Aun así, no quería volver a casa de la abuela. Aguanté con terquedad.

Espero que ahora no me ignores porque te haya contado que me hacía pipí por las noches. El médico dijo que es una enfermedad como el resfriado.

Y ya no me pasa eso porque descubrí un buen secreto. Por increíble que parezca, si como algo dulce como galletas o chocolate antes de ir a la cama nunca pasa.

Por eso pienso abrir una cafetería. Así podré comer todos los pasteles y galletas que quiera. Además, en las cafeterías siempre hay mucha gente. Antes de que te dé tiempo a decir que te sientes sola ya entró alguien por la puerta. Nunca estaría sola.

Ésta es mi historia. Aparte de mí misma, tú eres la única persona del mundo que conoce mi sueño. ¿No crees que eso convierte nuestra relación en algo aún más especial?

Hablemos de nosotras.

No tenía idea de que estuvieras pensando en buscar a mi madre en el pasado. Nunca me lo habría imaginado. ¿Crees que de verdad podrás hacerlo?

Cuando dijiste que podría estar viva y que quizá por eso nadie me hablaba de ella me hizo pensar. La verdad es que todo este tiempo di por sentado que está muerta.

Ahora que lo pienso, tengo algunas sospechas. Cuando era pequeña, de vez en cuando nos llegaban cartas extrañas. Veían por correo aéreo y estaban escritas en un idioma que no entendía. Cada vez que nos llegaba una mi padre parecía enojado o triste. Era muy raro.

Todavía me acuerdo muy bien de aquellas vacaciones de verano cuando yo estaba en sexto grado. Sentía tanta curiosidad por las cartas que llegaban de vez en cuando que abrí una en secreto.

Dentro había una postal con la foto de un edificio y un parque con un mensaje muy corto que decía:

CUIDA DE EUNYU

Definitivamente era mi nombre.

Quise preguntarle a mi padre de dónde venía la carta y por qué aparecía mi nombre en ella, pero nunca tuve la oportunidad.

Se sorprendió mucho cuando vio que había abierto el sobre, así que me dio miedo preguntar por si me regañaba por abrirlo sin permiso.

Nunca volví a ver esas cartas. A lo mejor se deshace de ellas antes de que yo las vea o puede que la persona que se las enviaba dejara de hacerlo.

Después, las olvidé por completo... ¿crees que serían de mi madre?

¿No te parece extraño? No puedo imaginarme que siga viva. Sé que te parecerá ridículo, pero todavía sospecho de mi padre.

Tengo una cicatriz en la frente que según mi abuela me hice de pequeña al caerme, pero cada vez que le pregunto sobre el tema a mi padre, no sabe dónde esconderse.

Quizá fue él quien me hizo eso. Y a saber qué le hizo a mi madre.

Si queremos encontrarla necesitamos saber al menos su nombre. Pero, como dije antes, no sé nada sobre ella.

Me parece casi imposible que la encontremos, pero te agradezco mucho que quieras ayudarme. Lo digo en serio. Para mí es suficiente con tener una hermana que escuche mis problemas. Eso ya me tranquiliza tanto como encontrar a mi madre.

Ah, también tengo una buena noticia.

Ya que pensaste en hacer esto por mí te enviaré un buen regalo también. ¡Exacto, las preguntas de los exámenes para la universidad! Me pasé tres meses buscando por internet hasta encontrarlas y no puedo creer que lo lograra. ¿No te parezco increíble?

Puedo imaginarme cómo vas a gritar de emoción cuando las recibas. Esta vez vas a hacer que tu hermana muerda el polvo y tu madre no podrá ignorarte.

Espero que tengas mucho éxito.

1 de mayo de 2016
Contenta de tener una hermana, Eunyu

Para Eunyu, quien me trajo dolor y sufrimiento

Hola, ¿cómo has estado? Me encantó saber que estuviste esperando mi carta. No sé por qué la última tardó tanto en llegar, me aseguré de responder en cuanto recibí la tuya.

Gracias por abrirte conmigo y mostrarme sentimientos de los que no has podido hablar con otras personas. No sé si ahora te sentirás aliviada o si estarás arrepentida de habérmelos contado, pero creo que a veces es bueno soltar lo que llevamos dentro.

Tenemos un espacio limitado en el corazón, así que si acumulamos demasiadas cosas dentro empezamos a sentirnos asfixiados, como si nos fuera a explotar.

Hermanita. No tienes idea de lo contenta que me puse al recibir tu carta. Hasta me puse a bailar mientras sujetaba el pomo de la puerta de mi habitación y grité con la cara contra mi almohada para que no me escucharan fuera.

¡Guau!

¡Jamás imaginé que me pasaría algo tan mágico! ¡No podía creer que tuviera las preguntas de los exámenes de acceso a la universidad en mis manos!

Empecé a memorizar preguntas y respuestas. Mis padres hasta se preocuparon cuando me vieron sentada frente al escritorio todos los días después de haberme pasado la vida sin estudiar. Durante una semana pensaron que estaba poseída otra vez o que me había vuelto loca. Por supuesto, después mi madre suspiró aliviada y me dijo: "Por fin estás actuando como es debido". Creo que al verme estudiar decidió reconocerme como "persona" por primera vez.

Un bonito final feliz, ¿no crees?

Ojalá mi carta hubiera terminado aquí, pero la Diosa del destino me ha traído un terrible dolor y sufrimiento. Y cuando digo la Diosa del destino, me refiero a ti.

Por favor, dime que estás bromeando, ¿vale?

¡Por favor, dime que enviaste otro paquete con más exámenes!

¡Espero que no lo hicieras a propósito porque yo me presento a los exámenes de 1992, no a los de 1991!

Dios. Ver una oportunidad única en la vida como ésta desvanecerse se siente como si me hubieran dado un puñetazo en el estómago. Y la persona en quien más confiaba. Supongo que así es como se siente que te den una puñalada por la espalda.

Me llevará como mínimo un año recibir otra de tus cartas y para entonces ya habré terminado mis exámenes.

¡Dios! ¡Buda! ¡Espíritus de las montañas!

¿Por qué me hacen pasar por algo tan terrible? No puedo renunciar a la oportunidad de oro de tan sólo tener que memorizar las respuestas.

Desearía no haber sabido nada de esto. Cuando me di cuenta de la gran oportunidad que se había desvanecido como el humo, la frustración se apoderó hasta del último rincón de mi cuerpo. Ni siquiera puedo estudiar. Agh. Es un impacto tan grande que apenas puedo escribir esto. Espero que sigas bien hasta la próxima carta.

He decidido escribir un poco más. Me hierve la sangre y me tiemblan las manos, pero qué le vamos a hacer. Sé que no es culpa tuya que las cosas salieran así, sólo he tenido una mala suerte enorme.

¿Y sabes qué? Aunque mis exámenes estén arruinados nuestros planes siguen adelante. No decidí ofrecerte ayuda sólo porque dijeras que me enviarías las preguntas de los exámenes. Lo hice de corazón, te lo aseguro.

Dijiste que no sabes nada sobre tu madre, ¿verdad? Entonces, dame información de tu padre, aunque sea. Si logro dar con él lo vigilaré y en algún momento terminará encontrándose con tu madre, ¿no? ¿Qué te parece mi plan? A veces se me ocurren buenas ideas en este tipo de situaciones.

Ah, y sé que esto puede ser difícil, pero ¿podrías intentar averiguar algo sobre cómo se conocieron? Creo que sería de muchísima ayuda a la hora de encontrar a tu madre.

Nunca había buscado a alguien, así que no estoy segura de si me saldrá bien, pero creo que funcionará de alguna manera. Sólo necesito tu cooperación. Consígueme toda la información que puedas como un mosquito que chupa hasta la última gota de sangre.

Me da un poco de miedo pensar en tener que encontrar a tu padre. Quiero decir, ¿y si todo lo que dijiste e imaginaste fuera verdad? Lo de tu cicatriz y lo de que le hizo algo a tu madre... Bah, no creo. No puede ser. Estoy tan nerviosa que ahora mismo me estoy mordiendo las uñas.

Por cierto, lo que más me preocupa es qué pasaría si arruino sin querer la relación entre tu padre y tu madre por estar demasiado preocupada. Si le dijera "Eh, ten cuidado. ¡Ese tipo es peligroso!", ¿sería ir demasiado lejos? Si conozco a tu padre como mínimo le diría: "¡Sé más amable con tu futura hija!" De todas formas, sólo mándame la información y deja que me ocupe del resto. Te tengo cubierta.

Realmente el tiempo pasa volando, ¿no crees? Me queda menos de un año en el bachillerato. Cuando mencionaste la secundaria me recordó eso que dijiste una vez sobre la gente del mundo en el que vives y la "edad de la punzada".

Para ponértelo en perspectiva, sobre la gente del futuro te diré que la vida en segundo grado de bachillerato es el infierno. Te sientas todo el día frente al escritorio y vuelves a casa con el cuerpo hecho polvo. Es como sufrir una enfermedad incurable. Aun así, el tiempo parece pasar más rápido mientras espero tus cartas.

La próxima vez que reciba una habré terminado con esta aburrida vida en el bachillerato y estaré pasándola en grande en la universidad. Aunque todavía no estoy segura de si lograré entrar.

Pero con eso no quiero decir que te culpe; por favor, no lo malinterpretes.

Espero que te esté yendo todo bien.

12 de abril de 1991
Eunyu, la onni del pasado a la
que se le fastidió su oportunidad
en los exámenes

Para mi hermana por la que lo siento mucho

¡Onni!
¡Te juro que fue un error! De verdad lo hice con intención de ayudar, no para fastidiar. Tienes que creerme. De verdad.

¡Ay, Dios! ¿De qué sirve pedir perdón cien veces? La he cagado, pero bien. Quería ayudar, pero no me imaginé que podría pasar algo así. Quiero decir, pensé que las de 1991 serían las preguntas correctas. :"(

Espera, espera. Un momento. ¡Acabo de tener una idea genial! ¡Con esto se te va a olvidar enseguida lo de los exámenes!

¡LA LOTERÍA!

A lo mejor nunca has oído hablar de ella. Es algo que empezaron a hacer en 2002. Es un juego en el que te dan un montón de dinero si aciertas seis números. En resumen, es un papelito que te puede cambiar la vida.

¿Conoces eso de pedir deseos en año nuevo mientras ves el primer amanecer del año? En ese momento la gente a mi alrededor junta las manos y dice: "Por favor, que este año me toque la lotería".

¿Entiendes lo que significa? El país entero quiere ganar la lotería. No se puede comprar siendo menor de edad, pero en 2002 ya no tendrás ningún problema.

¿Me sigues?

Para tu información, nadie ganó el primer sorteo que se hizo. ¡Pero ahora lo harás tú! ¡Te convertiré en la primera ganadora de la lotería! Así te compensaré por lo de los exámenes, ¿vale?

También he buscado el dinero del premio. El ganador del segundo sorteo se llevó dos mil millones de wones. ¡Dos mil millones! Puedes olvidarte de los exámenes. Hasta estoy empezando a ponerme celosa. ¿Qué haría con todo ese dinero? Espero que guardes un poco y me lo des cuando nos veamos más adelante, ¿eh?

Te daría los números de la lotería ahora mismo, pero todavía no sabes qué es ni cómo se juega. Si llegara a oídos de la persona equivocada sería un desastre. Por eso, simplemente confía en mí y espera.

La última vez, cuando dijiste que encontrarías a mi madre, fue como si me pegaran con un martillo en la cabeza. Casi me desmayo, pero luego fue como si alguien me gritara al oído: "¡Hey, tonta! ¡Por fin te vas a enterar! ¡Se acabaron los secretos!".

Sólo entonces volví en mí. Es verdad. Que las dos estemos carteándonos es cosa del destino. Ésta es una oportunidad caída del cielo. Yo resolveré el secreto de mi madre y tú vas a dar un giro a tu vida.

Cuento contigo, onni, ¿vale? Yo también lo haré lo mejor posible.

Me pediste información sobre mi padre, ¿no?

Se siente un poco extraño hablar de él contigo porque he caído en cuenta de que en tu mundo todavía no tendrá ni veinte años. ¿Alguna vez has intentado imaginarte cómo era tu padre de joven? Yo desde luego no. Creo que imaginármelo sería parecido a intentar imaginar cómo seré de anciana. Cuando me puse a pensar para contártelo, me sorprendí de lo poco que sé de mi padre. Parece que él no era el único que no prestaba atención a su familia. ¿Cómo terminamos siendo padre e hija cuando no tenemos ningún interés el uno por el otro?

Sé lo mismo sobre mi padre que la señora del supermercado que hay enfrente de casa. Es alto, trabaja en una empresa de coches y termina de trabajar muy tarde. Estos días sonríe de vez en cuando porque tiene novia (agh, siento que se me eriza la piel), pero normalmente es igual de expresivo que una piedra.

Aun así, por suerte tengo dos cosas que la señora del supermercado no: conozco a mi padre desde hace mucho más tiempo y tengo un arma secreta llamada abuelos.

Nombre: Song Hyeon-cheol
Nació en Seúl en 1973.

Se graduó de la Universidad Daehan y ahora trabaja en una empresa automotriz. Si lo conocieras seguramente te parecería ridículo.

¿Que por qué? Pues resulta que no sabe conducir. ¿Cómo pueden contratar a alguien que ni siquiera tiene coche en una empresa de autos? Según mi abuela si empiezas a ganar dinero con algo que te gustaba terminas odiándolo. A lo mejor a mi padre también le gustaban los coches en el pasado.

Mide 1.87 metros y pesa 100 kilos. Añado esto por si te resulta difícil de imaginar: cuando lleva una camisa con botones, el espacio entre ellos se ve abultado, en particular le sobresale la barriga. No tiene nada de músculos, todo él es grasa.

Eso es todo lo que sé. Muy poco, ¿verdad? Hasta a mí me lo parece. Sé que contarte esto y pedirte que lo busques es casi como solicitarte que encuentres un pozo en un desierto. Así que me esforcé un poco más por ti, me armé de valor y le pregunté directamente:

"Papá, ¿cómo eras cuando ibas al colegio?"

Debí ensayarlo unas trescientas veces para preguntárselo con normalidad. Esto te parecerá exagerado, pero las cosas entre mi padre y yo son un poco... No sabría explicarlo, demasiado extrañas.

No sabes lo roja que me puse después de preguntarle. ¿Y si me ignoraba o me preguntaba qué mosca me había picado? A lo mejor me preguntaba que por qué quería saberlo. De repente me vino todo eso a la mente, pero por suerte no pasó ninguna de esas cosas.

Al contrario, creo que se sorprendió para bien de que sintiera curiosidad por su infancia. Cuando le pregunté qué tenía de sorprendente me respondió:

"Nunca he entendido en qué piensan las chicas de tu edad."

Me dijo que siempre se había preguntado en qué pensábamos a medida que crecíamos porque nunca había "criado" a una chica. ¿Sabes lo que pensé en ese momento?

"Bueno, puede que sea tu primera vez siendo padre, pero también la mía como hija."

Lo mejor sería que siendo novatos los dos nos lleváramos bien, pero lo de ser novatos sólo significa que no conocemos nada del otro.

¡Y por primera vez!

MI PADRE

HABLÓ DE

MI MAMÁ.

Casi me da algo cuando pronunció la palabra "mamá". Mi corazón latía con tanta fuerza que sentía palpitar mi cara y mis dedos.

Dijo que la conoció en la universidad.

Lo importante es que mientras me lo contaba sonrió con timidez.

¿Lo puedes creer? Una sonrisa tímida en el rostro de mi padre

Ya sabes, como esos que están enamorados de verdad.

Fue como si mi madre estuviera ahí plantada delante de él. Era como un capullo que acaba de florecer en primavera. ¿No tiene gracia? Lo de un capullo en flor en la cara de un cuarentón.

Al verlo así me entraron ganas de hacer más preguntas. Y me dije: "Song Eunyu, ni se te ocurra hablar más de la cuenta". Pero al final acabé soltándolo. Le dije:

"¿Quién te gusta más, mamá o la mujer con la que estás saliendo ahora?"

Sé lo que estás pensando, fue lo peor que se me ocurriríó preguntar.

El ambiente que había sido cálido como la primavera de repente se convirtió en un invierno helado. Y ese capullo que había florecido en el rostro de mi padre se volvió gris y marchito. Ahí terminó todo.

Después de eso no dijo nada más.

Eso me habría asustado antes, pero en ese momento no fue así porque sabía que tú estás a mi lado, aunque sea en un pasado lejano.

Creo que pasará un tiempo antes de que vuelva a escuchar anécdotas de mi padre.

Te dije que lo estaba intentando, pero lamento no haber descubierto mucho. Supongo que tendré que ir a casa de la abuela.

¡Gracias de nuevo!

10 de mayo de 2016
La Eunyu del futuro

Para mi hermana en quien confío

¡AAAAAH!

Vale, nos saltamos los saludos y vamos a lo realmente importante.

¡¿DOS MIL?! ¿¡DOS MIL MILLONES?! No te imaginas los gritos que di cuando me llegó tu carta. Grité tan fuerte que mi madre pensó que había un incendio y, al ver que no, me dio un golpe en la espalda. Pero no me dolió nada. Ese sorteo de la lotería del que hablas, ¿de verdad es tan grande? ¡Tienes que contármelo! Es mucho mejor que lo del sorteo de viviendas del gobierno.

Quiero decir, la lotería no es la razón por la que te estoy ayudando a buscar a tus padres, pero ahora que se fastidió lo de los exámenes es una nueva motivación para mantenerme en contacto con mi chica del futuro… Ya sabes…

¡Te prometo que encontraré a tus padres, cueste lo que cueste!

Para ser sincera, todavía tuve esperanzas de que me enviaras las preguntas correctas de los exámenes o de que tu carta llegara antes de lo habitual. Estaba desesperada. Todo el tiempo me preguntaba cómo podría conseguir tu ayuda con los exámenes y antes de darme cuenta llegué a la universidad. No fui buena como mi hermana, pero al menos mis padres están satisfechos. Me decían "Ay, pensábamos que no lo lograrías, pero al final entraste en alguna".

¿Sabes qué? A veces es bueno que la gente no tenga muchas expectativas de mí.

¡Comparada con la preparatoria, la vida en la universidad es un paraíso!

No hay ninguna clase antes de las 9 de la mañana. ¿Y lo mejor? A nadie le importa si faltas a alguna clase.

Puedo vivir como quiero.

No necesito despertarme de madrugada y pasar el día con la cabeza en el escritorio hasta casi la medianoche. Quiero decir, por supuesto hay algunos estudiosos que siguen como en la preparatoria después de convertirse en universitarios, pero al final eso es una elección. Ésa es la palabra. La gran diferencia entre el bachillerato y la universidad es que puedes ELEGIR.

En la preparatoria todos teníamos que estudiar nos gustara o no, pero ahora puedo elegir las clases que quiera y unirme a los clubes que me interesen.

Es como si al entrar a la universidad Dios te preguntara: "¿Quieres estudiar? Pues hazlo. ¿Quieres un mundo mejor? Entonces sal a las calles. ¿Quieres romance? Ve a una cita a ciegas".

A mí también me preguntó y le dije: "Quiero divertirme".

Y me respondió: "¿Y qué esperas? Sal y pásala en grande."

Últimamente me siento en el césped a escuchar a Shin Seunghun y 015B mientras disfruto de la libertad. También estoy aprendiendo un montón sobre mí misma. Ni te imaginas lo bien que se me da beber, cantar y bailar. Aunque las resacas y los regaños de mamá son engorrosos me siento como si finalmente me estuvieran compensando los tres años infernales del bachillerato.

¿Cómo será la vida universitaria en el futuro? Quiero decir, ¡tú vives en el siglo XXI! Estoy segura de que tiene que ser mejor. ¡Cuéntame cómo es!

¿Y qué tal estás tú? ¿Van bien las cosas?

¿Dices que tu padre fue a la Universidad de Daehan? Eso quiere decir que debió estudiar un montón. Tiene pinta de ser uno de esos que se pasa el día estudiando. No me extraña que no sepa nada sobre los sentimientos de su hija. Uf, creo que el problema es grave. Ya estoy agotada antes de empezar.

Según mi experiencia, al vivir con mi hermana, los que se pasan el día estudiando piensan que son mejores que los demás. Por eso nunca salgo con ellos. Tienen un palo metido en el trasero y creen que estudiar es lo único que importa, así que siempre desprecian a los que tienen malas calificaciones... Ninguno de mis amigos ha entrado en la Daehan, ni siquiera la que fue mejor estudiante. Así que cuando leí que tu padre está ahí me sentí devastada. ¿Cómo podría conocerlo estando ahí? Después de darle muchas vueltas simplemente decidí agarrar el toro por los cuernos.

Exacto, simplemente entré a lo loco sin ningún tipo de plan. Todavía no creo que lo hiciera. ¿En qué estaba pensando? Es como el doble de grande que mi universidad.

Incluso pensándolo ahora mientras escribo la carta creo que fue una idea realmente absurda, pero en ese momento de verdad pensé que podría encontrar a tu padre.

Normalmente no se ve mucha gente tan alta como él, ¿no? Además, como también está gordo pensé que si iba a su universidad saltaría a la vista, pero no vi a nadie que encajara con esa descripción. Por más que lo busqué no logré encontrarlo. Di varias vueltas mirando a unos y a otros. Hasta que al final me di cuenta de que la única pista segura que tenía para encontrarlo era su nombre.

Plantarme allí sólo con un nombre... Supongo que mis padres tenían razón sobre mí. ¿No soy una auténtica idiota? Y mientras daba vueltas por el campus, me di cuenta de que el nombre de tu padre era mucho más común de lo que pensaba.

Mientras deambulaba por allí, un chico se me acercó, me imagino que le di lástima. Me preguntó:

"¿Eres nueva?"

Técnicamente no lo soy en Daehan, pero como sí lo soy en la universidad le respondí que sí. Luego me preguntó:

"¿Estás buscando algo?"

Yo no sabía muy bien qué responder, le dije:

"No estoy buscando un edificio, busco a alguien. ¿Conoces a Song Hyeon-cheol? Es un chico alto y un poco gordo."

Entonces puso una cara rara y me dijo que lo conocía.

¡No lo podía creer!

Le pedí que me llevara a donde estaba porque tenía que verlo y me indicó amablemente que lo siguiera.

Pasamos el tercer edificio desde la entrada, desde allí cruzamos una pequeña colina, pasamos el estanque, caminamos sobre una zona con césped y finalmente llegamos. ¡Fue toda una aventura!

Me sentí un poco mal haciendo recorrer todo ese camino a ese chico al que no conocía, así que le dije que la próxima vez le invitaría a un café. En realidad, se parecía un poco a Shin Seunghun, era muy amable y bastante guapo. Me respondió:

"Me encantaría un café, pero si tienes tiempo me gustaría tener una conversación más profunda."

¡Guau! ¿Una conversación profunda con un chico que se parecía a Shin Seunghun? Claro, podría pasarme el día escuchándolo. El problema vino con lo siguiente que dijo:

"Veo que tus rasgos faciales desprenden energía positiva y tienes predisposición a una gran fortuna si honras a tus ancestros. En tu familia los adoran, ¿verdad?"

Mierda. Era uno de esos lunáticos de una secta de la que había oído hablar. Ni te imaginas el rollo que me soltó sobre la energía positiva, los ancestros y los rituales para los ancestros. Me dejó saturada hasta que llegamos adonde estaba Song Hyeon-cheol.

O mejor debería decir al "profesor Song Hyeon-cheol".

Tenía el pelo blanco lleno de canas.

No veas la sorpresa que me llevé. Me entraron ganas de saltar por la ventana del despacho, pero pensé en esa lotería de la que me hablaste. ¡La vergüenza es temporal, pero el dinero es para siempre! Seguí repitiéndome eso y me puse a buscar al verdadero Song Hyeon-cheol hasta que di con otro.

Esta vez era estudiante, había nacido en 1973 como tu padre y era bastante alto. Me dijiste que tu padre trabaja en una empresa de coches, así que fui hacia el departamento de ingeniería mecánica o automotriz, pero este chico estudiaba artes plásticas.

Desde el principio no tuve muchas expectativas de que fuera él. Realmente tampoco lo parecía. Se supone que tu padre pesa 100 kilos, pero este chico estaba en los huesos.

En realidad, fue bastante extraño. Antes de nada, tenía que averiguar si era tu padre o no para evitar que le hiciera algo malo a tu madre, ¿no? Así que le hice unas preguntas:

—¿Tienes novia?

—¿Por qué preguntas?

—Tengo que comprobar algo. ¿Te importaría responder en vez de preguntar?

Llegados a ese punto ya no sentía nada de vergüenza, sólo pensaba en ti.

—La verdad es que no.

—Vale, entonces otra pregunta. ¿Por alguna causa antes estabas gordo y luego perdiste mucho peso?

A pesar de lo grosera que fue mi pregunta el Song Hyeoncheol candidato a ser tu padre sonrió y contestó con mucha amabilidad:

—No, nunca he subido de peso fácilmente.

Debería haberme detenido ahí, pero por alguna razón quise seguir comprobando y terminé haciendo preguntas que no debería haber hecho.

—Por casualidad, ¿planeas tener una hija en el futuro?

El chico estaba completamente avergonzado como si le hubiera pedido que tuviéramos una juntos.

Piénsalo. Imagínate que un chico al que no conoces de nada se te queda mirando a la cara y te pregunta sobre futuros hijos. Qué repugnate y qué miedo. Este Song Hyeoncheol estaba así de asustado también. Me preguntó:

—¿Y tú quién diablos eres?

—No te lo puedo contar, pero no creo que seas la persona que busco. Perdón por las molestias.

Me marché tranquilamente.

Está claro que ése no era tu padre.

No está gordo y tampoco es indiferente. Más bien parecía muy amistoso, guapo y con los dedos delgados y bonitos como el típico niño rico que no trabaja. Y definitivamente no parecía el tipo de persona que ignoraría a su hija y de repente llevaría a casa a una madrastra un día. Seguramente pensó que estaba loca, pero de todas formas ese segundo intento también terminó en fracaso.

Me habría gustado escribir una carta contando que encontré a tu padre, pero creo que con tan poca información es una tarea imposible. Seguramente tampoco esperarás que hable con todos los Song Hyeon-cheol de la Universidad Daehan. ¿Podrías averiguar alguna cosa más?

Estos días he pasado tanto tiempo en el campus de la Daehan que mis amigos ya bromean preguntando si estoy buscando a mi tipo ideal por allí. Intenté explicarles que estaba buscando a alguien, pero ahora se burlan de mí diciendo que debo estar enamorada de alguno. Gracias a eso piensan que me gusta un chico llamado Song Hyeon-cheol al que ni siquiera he visto.

Bueno, voy a escuchar un poco a 015B y prepararme para ir a dormir. ¡Espero tu respuesta!

Es hora de despedirnos,
damos media vuelta pesarosos con cosas sin decir,
pero el tiempo nos volverá a unir.

25 de abril de 1992
Tu onni

P.D.: Por las dudas, tu padre no es muy violento ni da miedo, ¿cierto? ¿No será ningún rufián de esos que están en pandillas, ¿verdad?... Pregunto sólo por si acaso.

Para mi onni que está pasando un buen día

Hey, onni, ¿cómo has estado? Primero tengo que reírme un poco:

LOOOOOOOOOOOOOOOOOOOOOOOOOOOOOOOOOOOOL

¡Casi me matas de la risa! ¡¿De verdad le preguntaste a un completo desconocido si quería tener una hija?! Últimamente he estado algo deprimida, pero con tu carta me reí mucho.

¿De verdad la vida universitaria es tan divertida? Preferiría que no me lo hubieras contado porque no tengo intención de ir. En lugar de pagar la matrícula quiero usar mi dinero para abrir una pequeña cafetería. Creo que hoy en día podría ser un poco complicado.

Ya me han rechazado en tres entrevistas de trabajo de medio tiempo. Dicen que como soy menor de edad necesito el consentimiento de los padres, pero si tuviera que preguntarle a mi padre le pediría que me dé más dinero de mesada, no un consentimiento para trabajar. Agh, vaya mierda. Estos días siempre ando buscando por internet trabajos que te permitan hacer siendo menor sin consentimiento de los padres, hay gente que dice que hay bastantes así, si se busca lo suficiente.

Por cierto, ¿beber y salir todos los días es tan divertido? Nunca he probado el alcohol, pero lo he visto por la tele y la gente borracha termina fatal, perdiendo la cabeza y haciendo cosas raras como dormir en la calle porque no encuentran el camino de regreso o cagándola con sus amigos porque les sueltan cualquier cosa.

¿De verdad es tan bueno? Quiero decir, aunque seas muy buena amiga de alguien siempre hay que mantener la educación, ¿cierto? No lo entiendo. ¿Es tan maravilloso beber de esa manera perdiendo la cabeza y enfermándote? A lo mejor deberías relajarte con el asunto de las fiestas. Sé que sonará como una reprimenda, pero lo digo por ti.

De hecho, hace poco me enojé mucho porque mi padre no tuvo educación. Invitó a casa a esa mujer sin decirme nada. Hasta le preparó la cena. ¡Incluso fue a hacer las compras!

Sólo de pensarlo me entran ganas de vomitar.

Me peleé con ella, sabe de sobra que la odio a muerte. Actúa como si fuera una persona totalmente diferente cuando papá está cerca y cuando no. Y lo hace tan bien que no lo notarías. Qué asco.

Por eso fui honesta:

—Pues sí, la verdad es que te odio.

—A mí tampoco me caes bien. Eres una maleducada.

¿No se supone que como mínimo debería decir "vamos a llevarnos lo mejor posible" o "haré lo que pueda por mejorar"? ¿Y me dice que soy una maleducada? Lo más divertido fue lo siguiente que dijo:

—Entonces, ¿por qué te vas a casar con mi padre?

—Porque lo quiero a él no a ti. Lo entenderás cuando tengas novio.

Deberías haber visto su expresión arrogante.

—No pongas mala cara, terminaré gustándote muy pronto.

¿Qué clase de mierda es ésa? En cuanto dijo eso le pregunté:

—¿Y por qué me ibas a gustar?

—Ya lo verás.

Volvió a poner esa terrible cara de arrogancia y añadió:

—Seamos sinceras. Yo no te gusto y tú a mí tampoco. Así que no finjamos lo contrario.

¿Perdona? ¡Ésa es MI frase! Todavía me hierve la sangre. Simplemente le contesté:

—¡No te preocupes, ni se me había pasado por la cabeza fingir!

Ella se encogió de hombros y te juro que murmuró algo como:

—A lo mejor la carta te hace cambiar de opinión.

Te juro por lo que quieras que dijo "carta", así que le pregunté:

—¿A qué te refieres?

Y me respondió con:

—¿Qué?

—Acabas de decir algo sobre una carta.

—¿Quién, yo?

Se puso a fingir que no dijo nada, pero lo escuché claramente.

¿Qué se supone que significa eso? ¿Crees que rebuscó en mi escritorio? ¡Te juro que como haya hecho algo así me las va a PAGAR!

En fin, también tengo buenas noticias para ti. Como dije la última vez, fui a casa de mi abuela. Mis abuelos creyeron que iba por la boda de mi padre.

Mi abuelo parecía contento con la boda y creo que mi abuela también, aunque trató de ocultarlo para no herirme. ¿Hasta cuándo va a estar viviendo solo? Ya te imaginas cómo me siento al respecto.

Le pregunté a mi abuela sobre la infancia de mi padre. Dijo que solía ser muy travieso, el peor de todo el barrio. Rompía los frascos de las salsas de chili y pastas de soya y se ponía a pintar en las paredes con ellas. Por lo visto era peor que Shin-chan. Mi abuela no dejó de sonreír ni un momento mientras me contaba esas historias increíbles. Hablaba sin parar como si hubiera estado esperando a que le preguntara por mi padre. Hasta tenía una colección de todos los premios que recibió cuando era joven. También me enseñó fotos suyas.

Había una suya de bebé en la que salía desnudo en una palangana roja, otra en la que lloraba porque lo había regañado mi abuelo, otra con el uniforme con patrón de cebra de las prácticas militares y una con su gorro de graduación en la que sale mi abuela a su lado con una chaqueta con hombreras enormes.

Me sentí un poco rara al verlas porque no sabía nada de mi padre y lo único que tenía que hacer para averiguar esas cosas era preguntar.

Te envío algunas fotos suyas que podrían serte útiles de entre las que me dio mi abuela. Es normal que no pudieras encontrar a mi padre. ¡No te imaginas lo delgado que estaba de joven! La camisa de cuadros que lleva ahora está muy pasada de moda, pero sinceramente le quedaba mejor de lo que hubiera imaginado.

Mientras buscaba fotos de mi padre, rebusqué mucho por si salía mi madre en alguna, pero como era de esperar no había ni rastro de ella. ¿Por qué iban a deshacerse de todas las fotos de mi madre?

Me puse a imaginar cosas raras otra vez: a lo mejor mi padre tenía miedo a las mujeres. Puede ser que nunca hubiera tenido relación o salido con una, ni se hubiera casado. Entonces, un día habría escuchado llorar a un bebé abandonado en la puerta de su casa. Por supuesto, yo soy el bebé. Le daría mucha pena y decidiría adoptarme, pero a partir de algún punto ya no habría sido capaz de ejercer como padre por su fobia a las mujeres.

Si lo piensas suena muy plausible, ¿no?

El problema de esta teoría es que no explica cómo es que mi padre se ha enamorado de esa imbécil. ¿Perdió su fobia a las mujeres? ¿Qué opinas?

Ah, sí. Dijiste que tenías curiosidad por el futuro en el que vivo, ¿no?

No sabría decirte si 2016 es mejor que el pasado en el que vives porque nunca he vivido en el pasado.

Pero teniendo en cuenta la forma en que los adultos hablan siempre bien de "los viejos tiempos" supongo que mi tiempo no es tan maravilloso en comparación con el tuyo.

Mayo de 2016
La Eunyu que no está en su mejor momento

Para mi hermana del futuro

¡AAAAAAGGGGHHH! Exacto, estoy empezando mi carta con un grito.

Vale, vale, vamos a calmarnos. Hasta me mareo y se me revuelve todo sólo de recordarlo, pero voy a intentar explicarte lo que ha ocurrido de la forma más exacta posible.

Creo que primero tendré que beber un vaso de agua fría.

Deja que te cuente qué estuve haciendo mientras esperaba tu carta. Hice todas esas "cosas malas" que me dijiste que no hiciera. Beber con gente. Sí, tienes razón. Cuando una se emborracha pierde la cabeza y comete errores estúpidos y hace cosas que jamás haría estando sobria.

Pero quiero que entiendas que no se puede ser tan cuadriculado en la vida. El mundo está lleno de locuras. Y a veces hay que cometer algunos errores para llegar a conectar de verdad con otros. Eso es, este tipo de cosas son las que nos hacen humanos.

Aun así, estoy muy avergonzada de lo que hice.

El otro día fui a una cita grupal. Quiero decir, no soy precisamente la más guapa… Vale, lo reconozco. Fui porque les faltaba una chica.

A pesar de esto, terminé emparejada con el más guapo.

Cada vez que había un silencio incómodo contaba un chiste divertido, tenía una voz agradable y era súper educado y considerado. Si tan sólo no hubiera sido por el maldito alcohol ya estaríamos perdidamente enamorados…

No sé, cuando estaba borracha terminé diciéndole que tenía que encontrar a Song Hyeon-cheol y me preguntó:

—¿Quién es ese Song Hyeon-cheol al que buscas tan desesperadamente?

¿Y adivinas la tontería que le dije? Le dije:

—Mi lotería. Es mi lotería.

En ese momento a mi amiga casi le da un ataque al corazón. Me tapó la boca porque tenía miedo de que empezara a decir tonterías sobre el futuro y cambiar mi vida.

—¿Qué es eso de la lotería?

La cosa es que me sacudí la mano de mi amiga y le grité:

—¡¿Y eso qué carajos importa?! ¿Lo conoces o no?

Mi amiga me dijo que después lo agarré del cuello de la camisa exigiendo que encontrase a Song Shin-chan.

Puf, vaya desastre.

¿Verdad que es lo peor que has oído en la vida? Hasta podría enviar mi historia a *Starlit Night* para que Lee Moon-sae me anime un poco en vivo.

¿Puedes creer lo mucho que estoy trabajando para encontrar a tu padre? Ni yo me lo creo. Casi desearía que todo esto fuera un sueño.

De todas formas, tengo que dejar de beber o morirme de la vergüenza. Agh, todavía me duele la cabeza.

Si tuviera que buscar un rayo de luz en esta terrible situación sería que al menos mi tiempo corre hacia el mundo en el que estás tú. Mi familia por fin ha comprado una computadora de última generación. Mi padre convenció a mi madre de que necesitábamos una porque hoy en día hacen falta conocimientos de informática para encontrar trabajo. ¿Quién inventaría esta máquina tan inteligente? La verdad es que es increíble. Mi madre no para de hablar de mi futuro trabajo pensando en recuperar la inversión. Ni siquiera me he graduado y no deja de hablar de lo difícil que es para las mujeres encontrar un empleo insistiendo en que tengo que prepararme.

Aun así, mi situación es mejor que la de otros compañeros porque tú respaldas mi futuro. Lo único que tengo que hacer es encontrar a tu padre. Cuando lo haga, lo seguiré hasta que halle a tu madre.

Ahora que me has enviado esta foto va a ser pan comido, ¿no crees? De ahora en adelante me pasaré el día en la Universidad Daehan. Ahora que lo pienso, me resulta familiar en la foto. Tal vez lo he visto mientras caminaba por el campus. No me sorprendería teniendo en cuenta que he pasado más tiempo allí que en mi propia universidad.

¡Espero que en la próxima carta pueda contarte un montón de cosas sobre cómo logré encontrar a tu padre!

17 de septiembre de 1993
Tu onni del pasado
que está muerta de vergüenza

P.D.: Espero que esa mujer no se meta contigo si finalmente se convierte en tu madrastra. No pienso quedarme de brazos cruzados y ver cómo te trata como a la Cenicienta. Si hay algo que pueda hacer, dímelo. A lo mejor podría encontrarla y darle su merecido. Sólo dime, ¿vale?

Para mi onni con la que estoy muy agradecida

¡Felicidades por la computadora! Todavía no sé cómo la gente podía vivir sin internet porque en mis tiempos está por todas partes. Si llegaran unos alienígenas a invadir el planeta primero tendrían que conquistar internet y una vez que fuera suyo tendrían a la gente haciendo fila para ser sus esclavos.

Por aquí ya hace un calor infernal. Es como si la tierra se estuviera derritiendo y el fin del mundo del que hablabas antes estuviera a la vuelta de la esquina. Con este tiempo no quiero salir a ninguna parte. Realmente odio sudar. Aun así, leer tu carta me ha hecho sentir aliviada. Imaginar que buscarías a esta mujer y le darías una buena tunda en el pasado es tan refrescante como un caramelo de menta.

Estoy muy agradecida contigo y también lo siento. Todavía no he hecho nada por ti, pero tú estás saliendo y cometiendo estupideces para ayudarme a encontrar a mi madre. Perdona, no tenía idea de que mi padre hubiera estado delgado de joven. Seguro que todo hubiera sido mucho más fácil si hubiera conseguido esa foto antes.

Por eso he estado esforzándome de verdad como en las películas de espías. Mi padre ya no me cuenta nada del pasado porque tiene miedo a que le vuelva a preguntar por mi madre. Es normal que me imagine cosas raras en esta situación. Así que, ¿sabes lo que hice? Decidí que voy a utilizar a esa mujer. Por sorprendente que parezca es bastante discreta. Parece que ni siquiera le contó a mi padre que yo dije que la odiaba.

Además, parece que las dos estamos en la misma página. Por supuesto, opinar lo mismo sobre algo no significa ni mucho menos que tengamos buena comunicación ni nos llevemos bien, antes muerta.

Pero delante de mi padre actuamos como si nos lleváramos bien y cuando él no está somos frías con la otra sin dudarlo, así que al menos en eso estamos de acuerdo.

En realidad, empecé a sacarle información utilizando como arma la luna de miel. Vi a mi padre elegir con ella un destino para el viaje y me puse furiosa.

En ese momento, mi padre debió sentirse culpable porque me preguntó si quería ir con ellos.

Nunca he viajado al extranjero con mi padre. Ni siquiera hemos viajado apenas dentro de Corea ni recuerdo haber tomado el ascensor con él. El viaje a la playa en año nuevo del año pasado fue bastante incómodo.

De todas formas, parece que no fui la única que se sorprendió con la propuesta de mi padre. La mujer puso cara de haber tragado mierda. ¿Y para que iba a ir yo con ellos? No tengo ninguna gana de verlos actuando de forma empalagosa.

Un poco después, papá tuvo que salir un momento por una llamada del trabajo y la mujer me preguntó si realmente pensaba ir con ellos a la luna de miel. Tenía cero intenciones de ir con ellos, pero al verla tan exaltada decidí ser un poco mala:

—¿Por qué no?

—Es una luna de miel. Lu-na-de-mi-el. Un viaje para las parejas que acaban de casarse, ¿qué harías ahí?

Vaya maleducada.

—Soy menor y se van a marchar una semana entera. ¿Quién va a cuidar de mí?

—Eres suficientemente mayor para cuidarte sola.

—No me da la gana.

¡Tenías que haber visto su cara! ¡Literalmente le temblaban las manos! Fue súper refrescante como si me hubiera comido un chocolate con menta. LOL.

—No me provoques.

—¿Qué vas a hacer?

—¿Por qué siempre haces cosas de las que te vas a arrepentir enseguida?

—¿Quién se va a arrepentir?

—Te aseguro que lo harás.

—¿Ah, sí?

—Ya te lo dije. Al final terminarás apreciándome.

¡Otra vez con esa tontería! Ésa es una de entre el millón de razones por las que la odio. Afirma cosas, con toda confianza, que no tienen ningún sentido.

¡Y esa desfachatez! Odio la manera en que parece decir "te tengo en la palma de mi mano, sé exactamente lo que piensas y todo seguirá según mis planes". Cada vez que pone esa cara me siento incómoda y sucia como cuando terminas completamente empapada bajo la lluvia, a pesar de usar el paraguas. Es insoportable.

—¿Qué querías decir el otro día?

—¿A qué te refieres?

—Mencionaste algo sobre una carta que me enviaron. Pensé que debía asegurarme esta vez. No pienso dejarme manipular por ella.

¿Sabes lo que hizo? Frunció los labios y fingió que los cerraba con los dedos como si fueran una cremallera. ¿Qué demonios es eso? ¿Significa que sabe algo pero que no me lo quiere decir? No sé cómo, pero parece que sabe algo sobre nuestras cartas. Sólo de pensarlo me pongo nerviosa.

—¿Qué sabes? ¿Le has dicho algo a mi padre?

—No tengo idea de qué estás hablando.

Siempre es así. Responde con acertijos sin decir nada claro. Es como si disfrutara haciéndome enojar. Así que le dije:

—Vale, si piensas estar en este plan no me voy a quedar de brazos cruzados.

—¿Qué vas a hacer?

—¿Adónde dijeron que van de luna de miel? ¿A Hawái?

—¿Me estás amenazando?

Me preguntó eso frunciendo el ceño como en señal de que si le declaraba la guerra estaba dispuesta a aceptar, pero yo no tenía ninguna intención de hacer algo así. Sólo los tontos hacen la guerra a sus enemigos porque no llegan a un entendimiento con ellos; las personas inteligentes los utilizan.

Por eso le hice una propuesta:

—Podría estar dispuesta a quedarme en casa si hicieras algo por mí.

Cuando lo sugerí me miró con ojos de suspicacia como preguntándose si era algún tipo de truco.

—Quiero información sobre mi padre y también sobre mi madre.

—¿Cómo?

Su cara decía algo como "¿qué tonterías son ésas?". Así que le expliqué que quería saber más sobre mi padre y mi madre biológica antes de tener una madrastra.

—Es porque mi padre no me cuenta absolutamente nada sobre ella, de ninguna manera.

—Si no le cuenta nada a su propia hija, ¿qué te hace pensar que me va a hablar de su exesposa precisamente a mí?

—Bueno, Hawái allá vamos.

Las negociaciones terminaron ahí. Papá estaba regresando. Pensé que ése sería el final de la historia, pero no. Quizá te sorprendas, pero esa mujer de verdad me envió información sobre mi padre. Unos días después me mandó un mensaje de texto: "Más vale que cumplas tu promesa".

Era un mensaje breve, pero tenía un archivo adjunto. El nombre era: "Análisis rápido de Song Hyeon-cheol". Abrí el archivo y vaya maravilla. Actuó como si no pensara hacer nada y luego organizo toda la información sobre mi padre y hasta hizo un PowerPoint. ¿No es increíble? Tengo que reconocerlo, hace cosas más allá de toda imaginación.

Como dijo mi abuela, mi padre era muy travieso de niño, pero luego cambió en la secundaria. Todos los que lo conocieron de niño pensaron que era una persona completamente diferente. Según el archivo de la mujer es porque mi padre estaba asustado de que pensaran que era un niño mimado por ser hijo único. Así que, empezó a ser muy cuidadoso y considerado y cuando estaba en secundaria se acostumbró a ello, aunque debió perder ese hábito porque nunca lo ha sido conmigo.

Lo sorprendente es que tiene la licencia de conducir. Pensé que no tenía porque nunca manejaba. Una vez tuvo un accidente y desde entonces no ha vuelto a tocar el volante.

Cuando llegué a la parte que decía que no podía subirse a juegos de atracciones porque le daban miedo las alturas me enojé. ¿Cómo podía saber eso ella? ¿Habían ido a un parque de atracciones en alguna cita o algo así? A mí no me ha llevado nunca a uno. Agh. Sólo de pensarlo me siento enferma. Lo más impactante fue que mi padre estaba a dieta. ¡Por eso últimamente casi no cenaba! ¡Joder, esa mujer debe estar haciéndole perder peso para la boda! ¿Por qué otra razón alguien que lleva toda su vida (que yo sepa) viviendo como un gran oso estúpido decidiría perder peso de repente? ¿Por ella? ¿Qué otra razón podría tener a no ser que ella se lo haya pedido? De todas formas, no me gusta nada.

¡Ah, sí! Hay algo que realmente deberías saber. Mi padre estaba en un club de informática cuando iba a la universidad. El club se llamaba "DOS y Windows", a lo mejor te sirve de ayuda para encontrarlo.

¿Sabes cuál es el dato más sorprendente? Por lo visto mi madre seguía a mi padre a todas partes durante la universidad. ¿Puedes creerlo? ¿Qué atractivo tiene un hombre como él? Por supuesto, si esa información viene de mi padre no creo que sea totalmente fiable porque mi madre no está para confirmarlo, ¿verdad?

El resto de la información es totalmente inútil. Cosas que no me interesan como que a papá le gusta beber *soju*, que nunca salió con otra mujer porque estaba ocupado cuidándome, etcétera. Aun así, la información era buena, así que decidí continuar el acuerdo con esa mujer. Yo me entero del pasado de mi padre y ella consigue a mi padre del presente.

¿No crees que son condiciones muy razonables? Así que le pedí información sobre mi madre. Le dije que daría lo que fuera por una fotografía.

Pensé que estaría de acuerdo, pero en realidad entrecerró los ojos y me dijo que no. ¿Por qué nunca me salen las cosas bien? Intenté contarle algo que le interesaría.

Le hablé sore mis planes de independizarme.

Pensé que estaría contenta porque viviría ella sola con mi padre, pero no te vas a creer lo que me dijo:

—Lo siento, pero no lo puedo permitir.

—¿Por qué no? Si me marcho podrás quedarte sola con mi padre y vivir felices.

—No puedo dejar que una adolescente se escape de casa sólo porque me venga bien a mí.

—¿Qué quieres decir?

Le pregunté por qué estaba actuando de repente como una policía o como si quisiera ser mi madre.

—No es mi intención, pero no puedo hacerlo por motivos profesionales.

—¿En qué trabajas?

—Soy policía.

—¿Cómo?

No me jodas.

Me quedé boquiabierta, sin palabras. Le acababa de decir a una policía que mi intención era escaparme de casa.

—Creía que lo había comentado la última vez.

—Bueno, la verdad es que no me interesa mucho tu vida.

Intenté mantenerme lo más tranquila posible. De todas formas, no le dije que pensara escaparme de casa de inmediato. Sin embargo, el día en que la mujer le contara mis planes a mi padre no sólo me quitaría todo el dinero que he ahorrado, sino que a lo mejor ni me volvería a dar la mesada.

—Bueno, entonces deja que te lo explique de nuevo y espero que esta vez lo recuerdes por más que no te interese.

Mi trabajo consiste en guiar a jóvenes que han delinquido o se encuentran en problemas después de haber escapado de casa. Esta vez resoplé. No sé por qué tendría tantas dificultades un adolescente que se marcha de casa.

—¿Y qué problemas son ésos?

—En muchos casos son víctimas de abuso sexual, trata de personas y tráfico de órganos.

¿De qué se trata? ¿Se supone que me estaba amenazando?

—Eso no significa que todo el mundo se convierta en víctima. Además, no estoy "escapando de casa", sino independizándome.

—Al tener quince años la mayoría de la gente pensaría que eso es escapar de casa.

—No me importa lo que piensen los demás. Espero que tú tampoco me prestes atención.

Lo dije con el mayor descaro posible. Cuánto más la moleste, más querrá que me marche, ¿no? Tenía que mostrarle que vivir conmigo puede ser mucho peor que no cumplir con su deber.

—Ya te lo dije la última vez. No digas cosas de las que vayas a arrepentirte. Te conozco desde mucho antes de lo que crees, así que casi se siente como si fueras mi amiga. Y no puedo dejar que una amiga tome decisiones estúpidas como ésa. Además, pronto serás también mi hija.

¿Conocerme desde hace mucho?

—¿Qué quieres decir?

—Justo lo que he dicho, que en el futuro serás mi hija.

—Agh, es lo más asqueroso que he oído en mis quince años de vida.

—No entiendo por qué los adolescentes siempre tienen que expresar sus emociones de esta manera. ¿Es por falta de vocabulario? Si es eso deberías intentar leer algún libro o escribir un poco. ¿Debería contárselo a tu padre?

Las cosas se estaban complicando, no me gustaba nada que me enviaran a todavía más clases en otra academia.

—Déjame preguntar sólo una cosa.

—¿Qué?

—¿Cómo conociste a mi padre?

Por supuesto no lo preguntaba por curiosidad o porque me importara, era sólo porque quería cambiar esa atmósfera desfavorable.

—Preferiría no hablar de mi vida personal.

¿Vida personal? Mira quién habla, me parece increíble que diga eso cuando fue ella la que se coló en mi habitación y leyó una de tus cartas.

—Si no quieres no lo digas. Sólo era por ayudarte.

—¿A qué te refieres?

—No sé cómo murió mi madre.

—¿Y qué?

—Nadie me lo cuenta. No sé si fue un accidente, se puso enferma o qué pasó. No es tan difícil dar una respuesta clara, pero cada vez que sale el tema mi padre se queda paralizado.

—¿Adónde quieres llegar?

—Puede que haya algo sospechoso sobre su muerte.

La mujer resopló con esa expresión idiota que ponen los adultos a los niños que hacen alguna tontería.

—A lo mejor ni siquiera es mi padre. Lo mismo fui secuestrada o desaparecí. Quizá mi padre mató a mi madre y se deshizo de su cuerpo.

—¡Pff!

La mujer se echó a reír como si fuera lo más divertido del mundo.

—¿No me crees?

—¿Lo creerías si fueras yo?

—No hay una sola fotografía de mi madre en casa. No tengo absolutamente nada que me recuerde a ella y en casa de mi abuela tampoco. Mi padre dice que se quemó todo en un incendio, pero ya no soy una niña. Sé que oculta algo; de lo contrario, ¿cómo explicas que no haya una sola foto por ninguna parte?

La mujer por fin pareció entender lo que quería decir.

—¿Estás diciendo que destruyó todo rastro de tu madre a propósito?

—Nos mudamos a menudo. Una vez al año o la vez más larga a los cuatro. Para que te hagas una idea ésta es la casa en la que llevamos cuatro años, ¿sabes por qué?

—¿Por qué?

—Porque hay algo que no le he dicho en el tiempo que llevamos aquí.

—¿Podrías ir al grano?

Era de esperar de una policía. Me habló de forma directa como si estuviera interrogando a un criminal.

—Cuando era más joven, le decía: la señora de al lado pregunta dónde está mamá. La vecina de arriba pregunta cómo murió mamá...

La mujer arqueó las cejas. Tenía los labios fruncidos y me exigía que le contara toda la historia con su mirada penetrante.

—Cada vez que le digo que alguien de nuestro entorno quiere saber algo sobre mi madre nos mudamos en tres meses o menos.

—¿De verdad?

¡Pues claro que no era verdad! Nos mudamos a esta casa cuando yo tenía siete años. ¿Acaso cree que mi padre actúa como uno de esos informantes que escapan de Corea del Norte? ¿Qué sentido tiene eso? Pero no me gustaba que la mujer me pusiera contra las cuerdas, así que decidí cortar por lo sano.

—No tienes que creerme, si no quieres.

Parecía bastante incómoda por lo que dije, pero luego de repente replicó:

—Deja que te pregunte algo también. ¿Por qué de repente tienes tanta curiosidad por tu madre? Si la conocieras quizá te decepcione.

—¿Y eso por qué?

—Simplemente es una posibilidad.

¿Qué opinas, onni? ¿Crees que sería verdad? ¿Y qué si no es tan maravillosa como esperaba? Nunca lo había pensado. Odio admitirlo, pero el corazón me dio un vuelco con esa pregunta.

¿Y si mi madre era una mala persona y mi padre estaba protegiéndome para que no lo averiguara?... ¿Sería raro que quisiera verla a pesar de todo?

La mujer me dijo que indagaría sobre mi madre, pero con la condición de que no me independizara.

¿Crees que estoy haciendo lo correcto? Esperaré tu próxima carta, onni.

10 de junio de 2016
Eunyu

26

Para mi hermana pequeña que lo está haciendo muy bien

Eunyu, ¿qué tal? Recibí sin contratiempos tu carta. Después de leerla me puse a pensar en lo rápido que pasa el tiempo y me sentí perturbada al recordar el accidente que hubo el año pasado. El enorme puente de Seongsu que había sobre el río Han se derrumbó en un abrir y cerrar de ojos y ni siquiera era precisamente viejo. Fue como si alguien hubiera tirado una bomba encima y no hubo nada que pudiera haber hecho, ni aunque hubiese conocido el futuro.

Toda esa gente que iba a trabajar o tenía alguna cita como de costumbre… ¿cómo habrían podido imaginar que el puente se derrumbaría y morirían?

Pero hasta los accidentes tan terribles como ése van olvidándose poco a poco y por supuesto yo también empecé a olvidarlo. En cierto modo, creo que el mundo puede ser muy cruel.

La sola idea de que la gente te olvide es deprimente. Creo que sería muy triste que nadie me recuerde cuando no esté. Quizá tu madre también se sienta de esa manera.

Entiendo por qué estás preocupada, pero creo que no sirve de nada preocuparse de antemano por la posibilidad de que te sientas decepcionada después de conocer a tu madre.

No deberías dejarte llevar por lo que dijo esa mujer. Sólo porque no sea el tipo de persona que esperabas o lo amable que pensabas que sería no significa que deje de ser tu madre. La vida es muy corta para preocuparse por cosas como ésa. Además, la familia no siempre es perfecta. A veces odias y sientes rencor hacia las personas de tu familia.

Cuando iba al bachillerato mi madre invito a sus amigas a nuestra casa, pero me dijo que me quedara fuera mientras estaban sus invitadas. Así que, me enfadé un montón y le dije: "¿Es que te avergüenzas de mí? ¿Entonces para qué me tuviste y no te quedaste sólo con mi hermana? ¡Yo no te pedí nacer!".

Admito que fue el grito desesperado de una chica de diecinueve años que estaba sufriendo la "enfermedad" del bachillerato. ¿Mi madre? Estaba tan sorprendida y estupefacta que se quedó boquiabierta. Le dije:

"¿Acaso crees que nunca he sentido vergüenza de ti? ¿Crees que me siento orgullosa cuando te veo caminar por el barrio con la cara sin lavar o medio desaliñada cuando vienen mis amigas?"

Te juro que fue como un volcán en erupción. Toda la lava que había estado hirviendo en mi interior estalló y me marché así de casa. ¿Y crees que me sentí aliviada? Para nada. Pensé que la había soltado toda, pero la lava siguió ardiendo en mi interior y no quería volver a casa por nada del mundo.

No sé cuántas horas pasé en el parque hasta que el sol se puso y, cuando empecé a pensar que debía volver, apareció a buscarme mi hermana, doña Perfecta. Me dijo:

—¿Crees que la familia es algo súper especial y que por el simple hecho de serlo debemos amarnos y comprendernos todo el tiempo? No me hagas reír. Es más difícil porque somos familia. Tenemos que entender cosas aunque no tengan sentido y aunque hagas una estupidez, como ahora, hay que venir a buscarte. En lugar de salir corriendo de casa en cuanto sientes la mínima molestia tú también deberías pensar un poco por qué lo hizo mamá. Al menos deberías intentarlo. Por supuesto, he omitido muchos insultos y amenazas. Fue la primera vez que vi a mi hermana tan enojada, con esa mirada asesina.

De todas formas, lo que quiero decir es que sólo porque sean familia no serán como tú quieres ni las cosas sucederán siempre como a ti te gustaría.

A lo mejor los familiares son precisamente las personas que más a menudo y más necesitan nuestra comprensión.

Ahora que la mujer ha dicho que investigaría sobre tu madre sólo necesitamos esperar un poco más. Realmente no falta mucho hasta que termine mi misión. ¿Sabes por qué?

¡Redoble de tambores!

¿Adivina qué?

¡He encontrado a tu padre!

¡No vas a creer lo dramático que ha sido! Me sentí como una cazadora, era como una leona africana que acecha a su presa en la llanura. Esto es lo que pasó:

Ya te he contado que mi hermana es la niña perfecta. La hija de la que mis padres se sienten tan orgullosos.

Pero esta vez fue un desastre total. Por supuesto, sigue siendo la niña arrogante y lista de siempre, pero fue muy grave para alguien como ella que sólo escucha que es un genio todo el tiempo. ¿Te preguntas por qué?

Deja que te lo explique. Fue hace ya unos años, pero mi hermana arruinó todo con sus exámenes de la universidad.

Fue como si un tornado sacudiera la casa. Esperaban que entrara en medicina o derecho, pero... Por el contrario, Jeong-su entró en derecho sin problemas.

¿Y nuestra madre? Estuvo unos días fatal, pero luego se levantó y se puso a preparar el desayuno como si nada. Así que le pregunté:

—¿Ya estás mejor, mamá?

—No, pero me siento aún peor si me quedo en la cama dejando que se acumulen las tareas del hogar. ¡Mira a tu alrededor! Varios días sin limpiar y hay polvo en cada rincón. Podrías ordenar un poco tu cuarto...

Si tenía energías suficientes para regañarme debía haberse recuperado. ¿Cómo se había recuperado una buena mañana repentinamente cuando parecía que se iba a morir? La respuesta fue lo siguiente que me dijo:

—Tú tampoco te preocupes demasiado por los estudios. Una chica lista no sirve de nada, lo importante es casarse bien. Jeong-su ya está en la facultad de derecho, ¿no? Con eso basta. Ser la mujer del juez o el fiscal tampoco está nada mal.

Así que ése era su plan infalible. ¿Lo puedes creer? Quizá te sorprendas y me vuelvas a preguntar si vivo en la dinastía Joseon, pero para ser sincera no me desconcertó mucho su reacción.

De todos modos, el plan de mi pobre madre se esfumó con rapidez porque yo vi algo que no se suponía que debía ver.

Fue mientras esperaba a una amiga un tiempo después de que terminara el torneo de baloncesto.

Por cierto, ¿te gusta el baloncesto? A mí no me gustan los deportes, pero esto fue totalmente diferente. Al principio refunfuñé y me pregunté qué tenía de interesante ver a gente apiñarse y correr detrás de una pelota, pero veinte minutos después de entrar a la cancha me quedé totalmente enganchada.

¡Qué deporte!

¡Es el *summum* de la deportividad y la competitividad! Chicos altos y guapos sudando en la cancha y atrapando el balón con una mano. Para mí es el deporte por excelencia. Fue mucho más divertido que esa serie de televisión que estrenaron el año pasado, *The Last Match*. Los jugadores no eran tan guapos como Jang Dong-gun o Son Ji-chang, pero disfrutarlo en la vida real no tiene punto de comparación con verlo en la pantalla. ¡Hasta recordarlo me eriza la piel! Por cierto, ¿sabes qué equipos disputaron la final de la liga? ¡Los de la Universidad de Corea y de Yonsei! ¡Hasta les ganaron a los equipos profesionales! Tendrías que haber visto a Seo Jang-hoon anotar esa última canasta cuando quedaban tres segundos. Sentí escalofríos por todo el cuerpo.

La cuestión es que quedé con una amiga para hablar de ese partido, pero no apareció. Como había una cabina telefónica cerca le envié un mensaje al contestador y cuando estaba a punto de irme apareció un montón de gente corriendo por un callejón y vi una cara familiar.

Era Jeong-su. Ya sabes, el novio de Semi. El problema era que llevaba a otra chica del brazo.

¡Y ni siquiera parecía sorprendido o avergonzado! ¡Todo lo contrario, sonreía como un idiota! ¡El muy cabrón le estaba poniendo los cuernos a mi hermana! No podía pasarlo por alto.

No porque me encantara mi hermana o porque me preocupara que mi madre se volviera a enfermar. Para ser sincera, cuando mamá se puso así la otra vez fue un sentimiento un poco agridulce. Se lo merecía por haber elegido a su favorita.

Pero aun así no podía dejarlo estar. Sentía un ansia de justicia corriendo por mis venas. Bueno, y tal vez también una pizca de ganas de ser una entrometida.

Fui y le pregunté:

—¿Pasándola bien, no?

En ese momento mi expresión debía parecerse a la del detective en la serie *Stories from the Precinct* justo antes de arrestar a un criminal.

—Oh, Eunyu. ¿Qué haces tú por aquí?

—Pues ya ves. Seúl es un pañuelo, ¿no crees?

Me aseguré de mirar mal a la chica que llevaba pegada al brazo como un pastelito de arroz. Debió sentir algo extraño porque le preguntó:

— Jeong-su, ¿y ella quién es?

Pero ¿sabes lo que dijo? Va y dice:

—La hermana pequeña de una amiga.

¡Qué cobarde! Querrás decir la hermana de tu novia. En ese momento sentí que se me había acabado toda la paciencia.

—Parece que últimamente no has visto mucho a mi hermana, ¿no?

—Eh… Pues… estuve un poco ocupado.

Sí, claro. Ocupado poniéndole los cuernos.

—Ocupado saliendo con otra chica, ¿no?

—Ehm… es por el club de la universidad.

—¡El club! ¿En qué tipo de club estás?

—Bueno… es para estudiar informática… Mmm… ahora estamos un poco ocupados. Hablamos la próxima vez, ¿de acuerdo?

Claro. No iba a dejar que se marchara como si nada.

Entonces me di cuenta de algo. ¡La Universidad Daehan! Recordé que estaba estudiando derecho allí y también el nombre del club que mencionaste. Antes de poder detenerme a pensarlo grité:

—¡Dos y Windows!

Lo hice con la ferocidad de un dragón que escupe fuego. Mi voz era tan fuerte que todos se quedaron mirándome, debí parecerles una loca. Entonces añadí:

—¿Alguien conoce a un chico que se llama Song Hyeon-cheol?

En menos de un segundo todos miraron en la misma dirección y un chico levantó la mano con timidez.

—Eh... soy yo. ¿Por qué me buscas?

En ese momento los dos soltamos un grito.

¿Lo recuerdas? ¿Te acuerdas del Song Hyeon-cheol que conocí la otra vez, el estudiante de arte que parecía un niño rico con los dedos finos y todo eso? ¿Ese que casi se desmaya cuando le pregunté si pensaba tener una hija?

¡Sabía que había algo familiar en la foto que me enviaste! ¡Era tu padre! No se me habría ocurrido pensar que alguien que estudiaba artes pudiera trabajar en una empresa automotriz. ¡Se me erizó la piel! ¡Todo tenía sentido! Claro, supongo que no es imprescindible ser ingeniero para trabajar en una empresa de coches, ¿no?

Qué pequeño es el mundo, ¿cierto? ¿Cómo es posible que Jeong-su y tu padre estén en el mismo club? A partir de ahora no tienes nada de que preocuparte.

Le dije a Jeong-su que quería unirme al club. Obviamente, no suelen permitir que estudiantes de otras universidades se unan, pero tengo cierta ventaja para usar en su contra, ¿no?

Probablemente la próxima semana ya seré parte de "DOS
y Windows". Puedes esperar noticias mías.

20 de febrero de 1995
Tu onni del pasado celebrando
el primer éxito en su misión

Para mi hermana del pasado

¡¿**D**e verdad?! ¡¿Lo dices en serio?! ¿Sabes que ahora mismo me tiembla todo el cuerpo? Madre mía. ¡Tú sí que eres una onni de verdad!

No imaginé que realmente encontrarías a mi padre.

A lo mejor también es posible encontrar a mi madre. No estoy soñando, ¿cierto?

Es tan buena noticia que quiero gritar. ¿Qué clase de persona será mi madre? ¿Crees que se parecerá a mí? ¿Cómo se habrán conocido? ¿Por qué me ocultan todo sobre mi madre? No puedo creer que todas esas preguntas que me he hecho siempre finalmente serán respondidas. No sé qué debería hacer.

Tengo una noticia triste.

Por desgracia, la mujer me dijo que le ha sido imposible encontrar una foto de mi madre. Parece que va a necesitar más tiempo. Así que ¿debería esperar de brazos cruzados? Nada de eso. Por alguna razón tuve la sensación de que la mujer estaba perdiendo el tiempo a propósito.

Así que presioné y le dije que se diera prisa porque si las cosas seguían de esta manera difícilmente iba a cooperar y su boda está a la vuelta de la esquina. Me ignoró, pero ya me conoces. No soy el tipo de persona que permite que la ignoren de esa manera. Tuve que recordarle lo que podría pasar si no me ayudaba. Ya te conté que últimamente mi padre está esforzándose por pasar más tiempo conmigo y mejorar nuestra relación, ¿no?

Bueno, pues elegí una cama para él cuando me contó que la mujer no podía decidirse. Me aseguré de elegir la más extravagante con más volantes de encaje e infantil de todo internet para mayor vergüenza. Jajaja.

Luego le envié un mensaje advirtiéndole de que eso era sólo el principio y, por supuesto, adjunté una foto de la cama.

Recibí una respuesta suya de inmediato amenazándome. Decía que si volvía a provocarla así le contaría todo a mi padre. También añadió que no se olvidaría de lo de la cama y que la devolvería.

Ahora se está vengando de mí manteniéndome vigilada todo el rato. Es terrible. En este mismo instante está en nuestra casa comiendo sandía del refrigerador como si fuera la dueña del lugar.

Ayer fue todavía peor. Me dijo que ni se me ocurriera pensar en marcharme de casa, ya fuera escapar o independizarme. Eso era de esperarse, así que no me sorprendió tanto. Lo molesto fue lo que dijo a continuación:

—¿Esta talla no es un poco pequeña para ti?

Me lo preguntó con MI sujetador en la mano. Te juro que grité tan fuerte como para que le estallaran los tímpanos. Me enfilé a toda velocidad como un toro y se lo quité de las manos.

—¿Qué haces?

—¿Por qué te pones así?

Tendrías que haber visto su cara de arrogancia.

—¡¿Te estoy preguntando qué diablos haces?!

—Sólo preguntaba si no es demasiado pequeño para ti.

—¡Exacto! ¿Qué haces mirando mi ropa interior?

—Antes vi a tu abuela tendiendo la ropa y me pareció demasiado pequeño. ¿Cuándo lo compraste, en la primaria? Creo que eres un poco mayor para andar con sujetadores deportivos.

—¿Y a ti qué te importa lo que me ponga?

—Para las mujeres es importante llevar ropa interior que les ajuste bien, al igual que con los zapatos deportivos...

—No te he preguntado, ¿vale? ¡Ni se te ocurra volver a tocar mis cosas!

Después de decir eso le di un portazo en la cara todo lo fuerte que pude.

Fue muy humillante. No necesito que me diga qué talla ponerme, puedo encontrar toda la información en internet. ¿Cree que ésa es la razón por la que no he comprado ninguno más grande? Agh. ¡Esa mujer es lo peor!, ¡la odio a muerte!

A partir de ahora esto es la guerra.

No puedo vivir con ella observando cada uno de mis movimientos. Necesito arreglar las cosas de una vez por todas.

Ahora que lo pienso, casi toda la carta son quejas sobre esa mujer. Lo siento, esta vez no pude averiguar nada nuevo sobre mi madre, pero prometo que la próxima vez tendré información para ti.

Ah, por cierto, 2002 no es sólo el año en el que ganarás la lotería y darás un giro a tu vida.

También es el año en el que nací.

¡Eso significa que será el año en el que finalmente las dos estaremos viviendo en el mismo mundo! Obviamente, yo todavía seré una bebé, pero al menos estaremos respirando el mismo aire bajo el mismo cielo.

Así que... ¿crees que podrías encontrarme? De esa forma seríamos amigas tanto en el pasado como en el presente. Por mi parte seguiré buscándote en mi tiempo y así seremos amigas en el pasado, el presente y el futuro.

Estaremos conectadas para siempre.

Sonrío sólo de imaginarlo. Estaré esperando tu próxima carta, ¿vale?

20 de junio de 2016
Tu pobre hermana del futuro a la que
están vigilando constantemente

Para mi pobre hermanita

Me regañé por reírme todo el tiempo que estuve leyendo tu carta. Creo que pase lo que pase has encontrado un adversario formidable en esa mujer. Si digo esto, es posible que te enojes, pero creo que por alguna razón las dos terminarán llevándose bien. Dicen que la gente se vuelve más cercana al pelearse. Podrías aprovechar esta oportunidad en tu beneficio. De todas formas, si se casa con tu padre se convertiran en familia. No sé, piénsalo con calma, pero no te enojes.

Últimamente me siento como una de esas chicas que observan las hojas caer con tristeza deseando que no caiga la última. Cuando vuelvo en mí me doy cuenta de que la graduación está a la vuelta de la esquina, pero no estoy preparada para conseguir un trabajo. Ni siquiera nuestra nueva computadora es de mucha ayuda. Cuando termine el invierno se habrá acabado mi feliz vida de universitaria.

En días como éste lo que más me gusta es sentarme en un puesto de comida callejera a tomar sopa de *odeng* y un vaso de *soju*. Más vale que crezcas rápido, Eunyu. Más tarde me encantaría sentarme contigo a hablar de estas cartas mientras bebemos *soju*, ¿eh? Otras cosas no sé, pero como mínimo te enseñaré a beber.

Al final conseguí convertirme en miembro especial del club "DOS y Windows". En realidad, sólo me dejan ir a sus fiestas y entrar en la oficina del club, pero lo importante es que me permite vigilar de cerca a tu padre. La cuestión es que Hyeon-cheol no se parece en nada a lo que me has contado de tu padre. Me dijiste que le eras totalmente indiferente y que hasta casi te tenía miedo, pero el Song Hyeon-cheol que conozco no es así, para nada.

Todavía no he encontrado a ninguna chica que se parezca a tu madre. Hay unas cuantas que mostraron interés por él, pero no ha durado mucho con ninguna.

Supongo que salieron corriendo porque les pregunté si estarían dispuestas a tener una hija con Hyeon-cheol.

Quiero decir, ¿qué pregunta mejor que ésa para descubrir quién será tu madre? La mayoría me respondió algo tipo: "¿De qué estás hablando?, ¿por qué tendría hijos con él?".

Por supuesto, tu padre no sabe nada de esto.

Estaba a punto de darme por vencida cuando recibí una noticia increíble.

¡Me dijeron que tenía una cita a ciegas! En ese momento sentí como que algo estaba a punto de pasar. Pensé, vale, ya está, así es como conoció a tu madre. ¡Por fin! ¡Te estoy escribiendo más tarde de lo habitual porque quería incluir la cita a ciegas en la carta!

Estuve allí el día de la cita sin que ellos lo supieran. Supongo que técnicamente actué como una acosadora. De todas formas, estuve observando de principio a fin. Y bueno, creo que la cita fue redonda.

Comieron, tomaron un té, tiraron al blanco en una sala de arcade y… Hyeon-cheol se reía todo el tiempo, hasta parecía que se le iba a desencajar la mandíbula. En resumen, creo que hay una alta posibilidad de que sea tu madre, aunque no hay mucho que celebrar porque la chica no era tan buena.

No es que fuera fea o tuviera una personalidad rara, pero me dio esa sensación, ¿sabes? Ya sabes lo importante que son las impresiones cuando una conoce a alguien. A veces hay gente que simplemente no me cae bien, aunque sean amigos de todos los demás. Sentí algo así. Definitivamente no me pareció que encajara bien con Hyeon-cheol.

¿Sabes lo que dijo cuando le pregunté si tendría una hija con él? Me miró directamente a los ojos y me dijo que preferiría tener un hijo que se pareciera a él.

¿Puedes creerlo? Dice que prefiere un hijo.

En estos días sigo echándoles un ojo, pero estoy en contra de que esa chica se convierta en tu madre. No tienen nada en común, son como el agua y el aceite. Sé que te dije que no deberías decepcionarte sin importar qué tipo de persona sea tu madre, pero esto es diferente. Creo que tiene que haber algo de química en las relaciones o, de lo contrario, se vuelven tóxicas para ambos.

Y por esa razón decidí hacer que cortaran. Es mi especialidad, ¿sabes? Déjamelo a mí. No permitiré que sea tu madre. Tampoco hace falta que me des las gracias, simplemente hago lo que hay que hacer.

12 de noviembre de 1991
Tu onni en la que puedes confiar

P.D.: Por si sientes curiosidad, Jeong-su y Semi rompieron por completo después de aquel desastre que te conté. Mamá se puso enferma de nuevo y papá se puso a beber, aunque para tu información, se le veía con una gran sonrisa en la cara.

Para mi onni en la que confío al cien por ciento

¿Qué tal estás, onni? Tu última carta me dio un montón de cosas en las que pensar.

¿Es esa chica realmente mi madre? ¿Cómo será de mala si a ti te parece que no es buena para mi padre? Si es tan mala desearía que no fuera mi madre, pero ¿y si lo es? Pensar así haría que se enfadara si pudiera oírme.

Tengo algo que contarte:

En realidad, cuando mi padre me presentó a esa mujer no la odiaba tanto. Me la presentó como a una amiga. Sé que vas a decir que soy una ingenua, pero si los hubieras visto ese día tú también lo habrías creído.

No parecía que hubiera ningún sentimiento entre los dos. La mujer se quitaba los calcetines y sólo veía la tele en el sofá; era muy informal y bastante tranquila.

Hasta que pasó un tiempo y me di cuenta de que había algo raro entre los dos. Al regresar de clases escuché algunas risas y, cuando entré, la vi cocinando.

Quiero decir "cocinando". Estaba preparando comida instantánea de la que venden en las tiendas de conveniencia tipo triángulos de arroz precocinados, fideos instantáneos con trozos de queso, etcétera. Estaba preparando eso en la cocina mientras mi padre se reía a carcajadas. Fue en ese momento que me di cuenta.

Y efectivamente, poco después mi padre me dijo que pensaba casarse con ella. En ese momento empecé a odiarla. No es que tuviera celos infantiles de que mi padre se fuera a casar. Es porque... no es la madre que he querido todo este tiempo.

Sé que no hay una manera única y correcta de ser madre. Hay todo tipo de gente por el mundo, así que también habrá todo tipo de madres, pero nunca he tenido una. Tienes que pensar en todas esas noches que pasé sola en la casa a oscuras imaginando una madre.

Todo lo que pido es una a la que le preocupe. No como mis abuelos porque ellos sólo sienten lástima por mí por no tener madre. Sólo alguien que piense en mí y se preocupe, ¿sabes? Tampoco alguien como mi padre porque nunca lo hace, siempre sale huyendo y me oculta demasiados secretos.

Quiero una madre que me pregunte cosas como: "¿Qué tal las clases de hoy?, ¿qué quieres para cenar?, ¿cuándo piensas limpiar tu cuarto?, ¿por qué han bajado tus calificaciones?", y que a veces me regañe llamándome por mi nombre con cariño. Alguien que no permita que esté sola. Ojalá tuviera una madre así.

Pero ¿esa mujer?... Me mira por encima del hombro y me trata como a una niña. No es la madre que he anhelado.

Me dijiste que una tiene que ser más comprensiva con la familia que con otras personas, pero la cosa es que todavía no somos familia. Entonces, ¿no es razonable que la odie?

En realidad, después de leer tu carta me sentí un poco confundida. ¿Qué pasaría si encuentras a mi madre y no es realmente la persona que yo esperaba?

Luego me puse a pensar: ¿seré yo el tipo de hija que ella espera?

Uf, me siento como si la hubiera cagado en un examen.

Pensé en abordar a papá y preguntarle otra vez sobre mi madre, pero al ver su cara tuve que recular. Estaba sonriendo. Últimamente sonríe mucho más y yo me siento como si al preguntar sobre mi madre no fuera a hacerlo nunca más. Por más que me enfade esa sonrisa que lo hace parecer idiota no se la quiero quitar. Es tan frustrante que preferiría que me explotara el corazón.

También tengo una noticia impactante:

La mujer consiguió información sobre el primer amor de mi padre.

Creo que trabaja para el Servicio Nacional de Inteligencia o algo así y no para la policía. Es eso o conoce muy bien los puntos débiles de mi padre. ¿Cómo pudo averiguar algo así? Le pregunté:

—No lo habrás torturado o amenazado para sacarle esta información, ¿cierto?

Pensé que soltaría un bufido y me explicaría la manera en que la consiguió, pero no cayó en mi trampa.

—¿Qué te hace pensar que no lo hice?

—¿Qué quieres decir? ¿De verdad lo torturaste?

—No puedo revelarlo, es confidencial.

Definitivamente con esa cara parecía capaz de torturar a alguien.

—¿Qué le hiciste?

—Sólo hice lo que me pediste.

Es una psicópata total.

—No te preocupes, no lo he torturado. Ni siquiera los policías podemos hacer algo así hoy en día.

Aunque jurara que no había hecho nada raro yo no podía creerlo.

—¿Estás segura?

—Claro, supongo que hubo un par de comentarios amenazantes, pero nada de contacto físico.

—¿Amenazas?

—Oye, ¿quieres la información o no? Es un poco molesto que no dejes de decir tonterías.

—Vale.

Parece que no iba a sacarle nada más, así que decidí desistir.

Me dijo que el primer amor de mi padre fue alguien inusual. Se podría decir que era de "la cuarta dimensión". Hablaba siempre del futuro e iba a todas las fiestas porque le encantaba beber.

La cosa es que a ella también parecía gustarle mi padre.

Hubo diferentes rumores difundiéndose por el club. Papá no lo creía, así que decidió ponerla a prueba.

Fue a una cita a ciegas con otra persona.

Sólo fue un truco para averiguar si su primer amor sentía algo por él. ¡Y luego se convenció de que le gustaba porque la descubrió siguiéndolos durante la cita!

A estas alturas te habrás dado cuenta, ¿no?

¡Exacto!

Seguro que la historia te parece familiar.

Cuando lo escuché se me erizó la piel y pensé que me iba a dar algo. Lol.

¡Resulta que el primer amor de mi padre fuiste tú, onni! ¿Lo sabías?

Realmente aprecio que vayas tan lejos para encontrar a mi madre, pero no hace falta que te esfuerces tanto. Sólo lo digo porque no quiero que te conviertas de verdad en su primer amor. Quiero decir, ¿cuándo conocería a mi madre y me tendrían? Por favor, no me digas que también estás enamorada de él.

10 de julio de 2016
Eunyu, que está muy preocupada por ti

Para mi hermana pequeña
que está preocupada por mí

¡**H**ola, Eunyu! Recibí bien tu carta. Mmm... pero después de leerla lo único que me vino a la mente fue un:
JAJAJAJA
¡No seas tonta!

Esa mujer te engaña. Como dijiste, parece que en realidad va un paso por delante. Estoy segura de que está jugando contigo de forma descarada. Eso o la información es pura basura.

¿Que le gusto a tu padre? ¿Que soy su primer amor? Oye, hasta un perro callejero se moriría de risa si lo escuchara. En el mejor de los casos tu padre me ve como a una amiga; cuando no está de buenas me ve como a una friki y por lo general le parezco aburrida. Deja que te escriba una conversación que tuve con él como prueba.

Por cierto, la chica de la cita a ciegas al final resultó no ser tu madre, me estuve preocupando por nada. Rompieron un mes después. ¿No es un alivio? A mí también me lo parece...

—¿De verdad te enlistarás en el ejército?

—¿Crees que me alistaría de broma?

En ese momento fue cuando Hyeon-cheol se tomó el vaso de *soju* de un trago. Parecía bastante molesto. Aparte de la chica de la cita a ciegas era la segunda vez que una joven lo dejaba.

—Suena a chiste. ¿Quién va al servicio militar dos veces?

—Esta vez haré carrera militar. Es mejor que esto.

—No lo hagas. Sé que hay alguien para ti ahí fuera. Te prometo que un día tendrás una hija guapa y todo saldrá bien.

—¿Por qué no dejas de hablar acerca de una hija que no tengo?

—Es porque lo sé, ¿vale? Por favor, no te vayas al ejército. Quiero decir, ¿el ejército?, ¿en serio? Es la mejor manera de ahuyentar a las mujeres. Si tu padre termina ahí es posible que no llegue a conocer a tu madre. Sería como una versión moderna de Romeo y Julieta.

Oh, Romeo. ¿Por qué tienes que ser soldado?

Oh, Julieta. Es que Corea aún sigue en guerra. ¿Por qué tiene que separarnos esta nación?

—Sólo bebe y olvídala. Esa chica no era para ti.

—¿Tú crees?

Todavía me acuerdo del sonido de Hyeon-cheol sorbiendo el *soju* y el chisporroteo del tocino friéndose.

—Pues claro. Hay una cosa llamada destino y esa chica no estaba destinada a ser la madre de tu hija.

—¿Destino? Ésa no es la razón por la que me dejaron.

Brindamos y vaciamos los vasos de un trago.

—Es por ti.

Presta atención, aquí viene la parte importante, ¿vale?

—¿Por mí?

—¿De verdad no lo entiendes?, ¿eres tan tonta?

Hyeon-cheol se golpeó el pecho. Parecía frustrado de verdad. Luego vació otro vaso de *soju*, lo sacudió y dijo:

—¿Es que tienes algo en mi contra? ¿Qué te he hecho? ¿Por qué tienes que entrometerte cada vez que salgo con una chica? Sólo suéltalo para que nos sintamos mejor.

Después de eso se bebió dos botellas de *soju* seguidas, se enfadó porque habían acusado a alguien falsamente de un crimen y me rogó para me detuviera como si estuviera acosándolo.

—Yaaa, has hecho suficiente. ¿Eh? Te eeestoy pidddiendo que paresh. ¡Jefa! ¿Tiene unas tijerasss? Tengo que cortarrr a esta mujer de mi vida. ¡Por favarrr!

¿Todavía crees que fui su primer amor?

Sólo estaba intentando encontrar a tu madre, pero supongo que me convertí en una gran molestia para Hyeon-cheol todo el tiempo. Me siento culpable por ello. Así que he decidido ser un poco más discreta a partir de ahora. Simplemente lo observaré desde lejos, como si no existiera.

Tiene razón. El motivo por el que todavía no ha conocido a tu madre es porque no dejo de entrometerme.

Sinceramente, no tengo ni idea de por qué le diría a esa mujer que yo fui su primer amor, pero supongo que dijo mi nombre porque soy la última persona de la que se habría enamorado. A lo mejor le asustaba que descubrieras sobre su primer amor de verdad. Dijiste que tiene acceso a un montón de información, ¿no? A lo mejor le dijo que fui su primer amor porque soy el tipo de persona de la que ella nunca se sentiría celosa.

De todas formas, simplemente lo observaré desde lejos y me concentraré un poco en mi propia vida. No tengo tiempo de andar metiendo la nariz en la de los demás.

Ahora mismo estoy en casa sin hacer nada. Tu padre cumplió sus dos años de servicio militar, así que todavía sigue en la universidad, pero ¿yo? Conseguí mi título hace meses y todavía no he encontrado trabajo. Además, hay una diferencia enorme entre visitar una universidad cuando todavía eres estudiante y hacerlo después de haberte graduado. A decir verdad, me da vergüenza pasar por el "DOS y Windows" últimamente porque es como si llevara un cartel de "graduada" bien grande escrito en la frente.

Y no me hagas hablar de mis padres. No dejan de fastidiarme diciendo que si no voy a encontrar trabajo lo mejor sería que me casara. Créeme, me encantaría largarme de aquí, pero por desgracia no tengo un hombre con el que casarme ni dinero para mi propia casa.

Debí invertir menos tiempo persiguiendo a Hyeon-cheol y más saliendo con otros chicos. ¿Qué se supone que voy a hacer ahora? Aunque vaya a ganar la lotería en 2002 necesito comer hasta que llegue. Lo que me recuerda algo: ¡sólo quedan unos años para que nos conozcamos! Ah, espera, en 2002 todavía serás una bebé. ¿Debería esperar un poco más?

Tengo un montón de ganas de conocerte, hermana pequeña del futuro.

4 de agosto de 1996
Tu onni que quiere verte pronto

Para mi hermana pequeña del futuro (otra vez)

¡**S**orpresa! ¡Te estoy escribiendo de nuevo porque tengo noticias importantes! Pensé en esperar hasta que respondieras, pero no puedo aguardar tanto sin cortarte esta historia.

El otoño es una estación maravillosa, ¿no te parece? La luz del sol, la brisa, las nubes… esta carta está especialmente llena de romance. Por si no te has dado cuenta, en mi mundo ahora todo es romance. Y, por supuesto, para tu padre también.

¡Esta carta está llena de buenas noticias para ti y para mí! ¡Puedes crearte expectativas!

Lo primero de todo: tu padre está pasándola en grande mientras sale con la chica que estoy muy segura de que debe ser tu madre. Tenía razón. En cuanto me retiré las cosas empezaron a irle bien. Aunque todavía no estoy cien por ciento segura de que ella sea la persona correcta.

Las relaciones de tu padre suelen durar tres meses, casi nunca pasan de ahí. Dice que es por mi culpa, pero ¿va a ser SIEMPRE por mí? Vamos. Creo que prefiere ignorar su parte de culpa y echármela a mí.

De todas formas, la chica con la que sale ahora es muy guapa. Es delgada y elegante como un cisne; me pregunto si estará tomando clases de baile.

Si vieras la sonrisa que tiene Hyeon-cheol siempre en los labios sobrarían las palabras. Sé que probablemente te mueres de curiosidad ahora mismo, pero yo tampoco sé muy bien qué tipo de persona es. Tu padre se niega a contarme nada, así que sólo puedo hacer suposiciones. Una vez me la encontré en la calle y nos saludamos. Si todavía siguen juntos cuando llegue tu próxima carta habré averiguado más cosas sobre ella. ¡Creo que hay una posibilidad muy alta de que sea tu madre!

Últimamente yo también he estado un poco ocupada hasta el punto de no poder interesarme por la vida amorosa de tu padre. También es la razón por la que hoy te estoy escribiendo esta carta en papel de color rosa:

¡Tengo novio!

Jajaja

Oye, Eunyu. Te lo digo como onni. No te quedes pegada al escritorio pensando en la relación de tus padres, ¡sal a buscarte un novio también!

El amor es como… ¡algo milagroso! Hace que sientas un picor en el corazón desde que abres los ojos por la mañana hasta que te acuestas por la noche. Se siente una energía recorrer todo el cuerpo como cuando ves las flores de cerezo que florecen lentamente en primavera hasta cubrir todas las ramas.

No imaginaba que amar y ser amada fuera tan cálido y me hiciera tan feliz. ¡Deja que te dé las gracias porque gracias a ti pude empezar a salir con el hombre de mis sueños!

Imagino que te estarás preguntando a qué me refiero.

¿Te acuerdas de esa cita grupal de la que te hablé? ¿De cuando estaba borracha y empecé a hablarle al chico más guapo de que tenía que encontrar a tu padre? Sí, ESE chico.

No te imaginas la de veces que me tiré de los pelos arrepentida por haber perdido esa oportunidad única en la vida. Pensé que eso era todo, pero al final parece que realmente existe el destino. ¿Te he contado que hace poco conseguí un empleo?

Pues el caso es que me lo volví a encontrar en el trabajo. ¡Trabaja como supervisor en la misma empresa! Al principio pensé hasta en dejar ese puesto que tanto me había costado conseguir, me pasaron todo tipo de cosas por la cabeza. No importaba cuánto fingiera que no me acordaba, era imposible que él se hubiera olvidado. Me metí en ese lío por culpa del alcohol. Obviamente, se acordaba de mi nombre y me preguntó:

—¿Todavía te gusta beber?

—Eh... sí.

—¿Al final pudiste encontrar a aquel hombre al que buscabas?

—Ah, eso... verás... creo que hubo un pequeño malentendido.

—¿Se separaron?

—No, no. Ni siquiera estábamos saliendo, no era un novio ni nada por el estilo.

—Ah, entiendo. Por la manera en la que lo buscabas en ese momento estaba seguro de que debía ser alguien especial.

—No, para nada... Siento mucho lo que ocurrió. Es un asunto un poco complicado.

Después de eso no volví a mencionar el tema, pero cada vez que él me sonreía y saludaba pensaba que me iba a morir de vergüenza y me preguntaba si era algún tipo de señal para que entregara mi carta de renuncia y dejara la empresa.

Pero al final pude dejar de preocuparme la semana pasada. ¡Me sorprendió de camino a casa y me pidió que saliéramos! Me dijo que verme actuar borracha en aquella cita le causó una profunda impresión.

¿No crees que es un giro más impactante que el de la serie *The Usual Suspects*? Decidí verme con él. Es genial y muy guapo. Tuvimos la primera cita el fin de semana. No te imaginas la de veces que me cambié el maquillaje por la mañana para que me viera perfecta. ¡Estaba tan nerviosa que ni siquiera recuerdo nada de la película que vimos!

¡Es muy emocionante! Siento que por fin me ha llegado también el amor. Ahora que lo estoy experimentado por fin lo entiendo. ¡Lo mejor de la vida es el amor!

26 de octubre de 1996
La Eunyu enamoradísima

Para mi onni feliz

¿Qué tal andas, onni? Ya leí tu carta.

Sólo con leerla me pude imaginar perfectamente lo feliz que te sientes. Me preocupaba pensar que te estuviera fastidiando la vida, pero me alegro mucho de que estés saliendo con alguien ahora.

¿De verdad se siente así cuando te enamoras?

¿Será por eso por lo que mi padre tiene esa sonrisa todo el tiempo? No lo entiendo. Quiero decir, ¿cómo puede ser que el mundo entero parezca mejor cuando sales con la persona que te gusta?

En el pasado mi padre también debió de estar enamorado de mi madre, ¿no crees? Y seguro que también se pasaba todo el día sonriendo. ¿Qué pasaría entre ellos? ¿Qué fue lo que hizo que mi padre dejara de sonreír?

Tenía intención de preguntarle a mi padre sobre ti, pero las cosas se torcieron. Tuvimos una pelea muy fuerte.

Me pidió que fuera de compras con él durante el fin de semana. Nunca hemos ido juntos de compras hasta ahora. Cuando necesitaba cualquier cosa iba siempre con mis abuelos. O sea, ir con él ni siquiera era algo que yo tuviera como opción. Todo el asunto hizo que yo me enojara por dentro. Creo que el tonto de mi padre encendió un fuego sin ni siquiera darse cuenta. Me dijo:

—Dentro de poco es su cumpleaños, así que me gustaría comprarle algo. ¿Podrías echarme una mano? Estoy seguro de que ella estará muy contenta de saber que has sido tú la que eligió su regalo.

Ya te conté que no me ha regalado nada por mi cumpleaños en la vida, ¿verdad? No le gustan los pasteles y ni siquiera los platos tradicionales para el cumpleaños, como la sopa de algas. Es mi abuela la que siempre me prepara la sopa en su casa. ¿Y ahora tiene el valor para pedirme que le ayude a comprar el regalo de cumpleaños de esa mujer?

Te lo juro, fue como si las brasas de ira que todavía tenía en mi interior se encendieran en un fuego intenso.

—¿No vas a trabajar este fin de semana?

—Bueno, tengo que salir a comprarle un regalo...

Estaba tan enojada que no quería escuchar una palabra más.

—Entonces, ¿no es verdad que SIEMPRE tienes que trabajar los fines de semana?

—Este...

—Creía que estabas siempre tan ocupado que no podías descansar nunca los fines de semana. De pequeña siempre solía pedirte que me llevaras al parque de atracciones, pero me decías que tenías mucho trabajo en la oficina. Nunca has pasado tiempo conmigo en mis cumpleaños. Nunca estuviste ahí cada vez que mis amigos me preguntaban por qué iba a todas partes con los abuelos, cuando me molestaban diciendo que a lo mejor es que tampoco tenía padre o cuando me quedaba sola llorando en mi habitación. Así que, ¡¿por qué ahora?! ¡¿Por qué te tomas el día libre por ella y no por mí?!

Le grité como si me estuviera picando un montón de avispas y me fui corriendo de casa.

Ahora mismo te estoy escribiendo esta carta en casa de mi abuela. Mi padre llamó por teléfono, pero no respondí. Hasta amenacé a la abuela con que me escaparía si permitía que mi padre viniera. Le dije:

—Dile que no venga. Si aparece por aquí te juro que me marcho. Me iré a algún lugar en donde nadie me encuentre y me moriré. ¡No quiero ni escuchar su voz!

Mi abuela me preguntó qué había pasado, pero no le dije nada. No quería que mis abuelos se pusieran tristes...

Me siento como si me hubiera convertido en tinta negra. ¿Sabes? La vida de papá sería color de rosa si tan sólo no estuviera yo, pero creo que he vuelto su vida de color negro. No importa los colores bonitos que tenga, cada vez que la toco todo se vuelve negro. Supongo que al final mi padre se cansará de mí.

Desearía no haber existido desde el principio. Me siento como si estuviera arruinándolo todo.

Onni, creo que puedes dejar de buscar a mi madre. Ya no me importa. No es como si fuera a conocerla por más que la encontraras y seguramente tampoco podría hablar con ella.

Ahora mismo me parece todo inútil.

Debe haber una razón por la que él no me habla de mi madre.

Creo que sería mejor no saber nada sobre mi madre real y quedarme con la de mi imaginación.

9 de agosto de 2016
Eunyu

Para Eunyu

H ola, Eunyu. ¿Cómo te sientes?
Quiero que sepas que nunca he estado tan enojada por estar lejos de ti como cuando leí tu última carta. Si hubiera podido estar contigo habría insultado a tu padre y te habría dado un abrazo.

Espero que lo que dijiste al final de la carta no sea lo que piensas de verdad. Sé lo que es enfadarse mucho y decir cosas que realmente no piensas y arrepentirte más tarde. Me rompe el corazón escuchar todo lo que estás pasando.

¿Cómo no ibas a estar enojada con tu padre? Yo también le habría gritado si estuviera en tu lugar. Está haciendo sacrificios por esa mujer que nunca hizo por ti. Sólo de pensarlo me hierve la sangre. ¿Cómo puede ser Hyeon-cheol tan frío con su propia hija?

¿Lo recuerdas? La primera vez que nos escribimos yo sólo tenía diez años y ahora tengo veintiséis.

Hacerse mayor tiene sus cosas buenas y malas. Cuando era pequeña me encantaba ir convirtiéndome en adulta, pero ahora que lo soy me intimidan todas las responsabilidades que debo afrontar. Últimamente me asusta pensar que lo único que me queda por hacer es ir envejeciendo.

Pero por suerte también hay un lado bueno. Ahora puedo entender un poco mejor las emociones de las otras personas. Me he dado cuenta de que el tiempo que uno tarda en crecer es el tiempo que uno tarda en entender los pensamientos y emociones de los demás.

¿De qué demonios estoy hablando? Espero que todo esto tenga sentido.

Lo que quiero decir es que comprendo cómo te sientes y creo que también entiendo un poco a tu padre. No me malinterpretes, no estoy diciendo que hiciera las cosas bien. Sólo digo que puedo entenderlo un poco.

Creo que tu padre se arrepiente de todo el tiempo que no pasó contigo. A lo mejor por eso últimamente ha estado intentando que pasen más tiempo juntos.

Al menos, el Hyeon-cheol que conozco no es el tipo de persona que haría algo así para pisotear el corazón de su hija y atormentarla.

Cuando llegué a casa hace un rato vi a una estudiante de secundaria llorando en el parque. Me recordó a ti y me rompió tanto el corazón que no pude dejarla ahí. Así que le compré un café y me senté a hablar con ella. Me dijo que tenía diecisiete años y que hoy se había enterado de que su padre había perdido su empleo.

Es triste, pero muy común en estos días. Los negocios están a la deriva, la gente pierde sus trabajos y las familias se rompen sin un cabeza de familia que las sustente.

No te imaginas lo frustrante que es ver en las noticias que algunos de los que pierden sus trabajos terminan suicidándose porque no soportan estar desempleados y no ser capaces de proveer a sus familias.

Es por la crisis financiera del FMI.

Es como si todo el país estuviera en ruinas. Un desastre, como si alguien hubiera metido todo en una licuadora y se hubiera puesto a agitarla.

Todo el mundo está pasando momentos difíciles, así que tampoco puedo decir que lo que me pasó ayer fuera como para morirse. Hoy en día no se puede usar una expresión así a la ligera, pero la verdad es que me echaron del trabajo. La empresa está atravesando una crisis y primero se deshicieron de las empleadas como yo. Mis padres estaban tan contentos de que por fin viviera como una adulta cuando les conté que había encontrado trabajo que ahora no sé qué decirles.

Agh...

No lo aguanto más.

Me llena de frustración tener que actuar de forma sosegada como una adulta. ¡En realidad me siento como una mierda! Y me encantaría poder escupirlo.

¿Por qué no podemos simplemente vivir felices? ¿Por qué tienen que pasarnos estas cosas todo el tiempo?

Ahora mismo estoy muy deprimida. Soy como un grifo del que sólo brota tristeza.

También me dejó mi novio. Estaba súper enamorada. ¿Por qué? ¿Por qué ahora? Después de todo este tiempo me dijo que no era amor verdadero. ¡¿Por qué?! ¿Sabes qué excusa me dio? Dijo que cree que hay cosas más importantes en mi vida que él. ¿En serio sale con algo así? Habría sido más convincente si me hubiera dicho que no quería seguir viéndome porque me despidieron y que su mujer ideal era alguien competente. Al menos no me habría enojado tanto.

¡Cabrón! ¡Ese tipo es una basura!

Uff.

Ahora me siento un poco aliviada.

Te puede parecer que ahora estoy tranquila, pero la semana pasada me la pasé encerrada en mi habitación llorando por toda la mala suerte que estoy teniendo. Hasta me pregunté por qué sigo viva.

¿Sabes quién me consoló en ese momento?

Tu padre, Hyeon-cheol.

—La empresa debe estar pasando un momento realmente difícil como para despedir a alguien con tanto talento como tú. Te aseguro que se arrepentirán de haberte dejado ir. Oye, deja de llorar, ya eres fea de por sí y te hace parecer aún más fea. Al menos cuando sonríes pareces una persona. ¿De verdad vas a llorar por un hombre? Ese cabrón es el que debería estar llorando, se arrepentirá de dejarte.

Salimos a beber y me hizo sentir mucho mejor.

Hasta me dijo que podía beber hasta perder el sentido porque se aseguraría de llevarme a casa. Le estoy muy agradecida.

Te prometo una cosa: tu padre no es el tipo de persona que le haría algo horrible a tu madre. Es un tipo decente.

Así que, no nos demos por vencidas con lo de buscar a tu madre. Ya casi lo tenemos. ¿Vas a rendirte ahora que la meta está a la vuelta de la esquina?

Para tu información, tu padre todavía sigue con esa chica tan guapa de la que hablé la otra vez. Las cosas les están yendo bien.

18 de febrero de 1998
Tu deprimida onni

Para mi adorable Eunyu

Hola, soy yo otra vez. Sé que te he escrito hace poco, pero no podía esperar. Me estoy impacientando porque estamos muy cerca de la meta.

¡Exacto! Por fin conocí a tu madre.

Se llama Jeong Da-jeong. Tal como indica su nombre es muy amable. Hyeon-cheol finalmente me presentó a su novia después de mantenerla oculta todo este tiempo; ya no se niega a presentármela y sale corriendo como hacía cada vez que me los encontraba. ¡Eso quiere decir que está convencido de que ella es la indicada!

Hice las últimas verificaciones. Pregunté: "Da-jeong, ¿tendrías una hija con Hyeon-cheol?". Me sorprendió que sólo sonriera dulcemente ante la pregunta. Quiero decir, no dijo nada en concreto, pero definitivamente fue algo positivo. Estoy totalmente segura de que es ella. Te prometo que Da-jeong es muy buena, el tipo de persona en la que puedes confiar. De verdad.

Mientras Hyeon-cheol estaba inmerso en la felicidad, yo era un cúmulo de depresión. Así que, antes de que esa depresión me hiciera tocar fondo lo llamé. Me gustaría tener más personas a las que llamar cuando me siento muy mal, pero el primero que me viene a la mente es tu padre.

¿El problema? Me dijo que estaba ocupado. Me quejé y confesó que iba a tomarse una copa con Da-jeong.

Sabes que me encanta beber, ¿no? ¿Y de entre todas las opciones posibles se va a beber sin invitarme? ¿Es que tener novia significa que ya no tiene amigos? Que cabrón más desleal. Hasta ahora no me había dado cuenta, pero puede ser muy frío.

Quiero decir, pensaba dejar que disfrutaran de su cita, pero cuantas más vueltas le doy, más me doy cuenta de que es una cuestión de lealtad. Lealtad. Como no podía soportarlo me autoinvité. Sé que no es lo correcto, pero no tenía elección. ¿Cuántos años llevo siendo amiga de tu padre? Además, ¿qué pasaría si los dos se iban solos de copas? Tenía que asegurarme de que tú llegaras en el momento adecuado y no antes.

Naciste en 2002.

Jajaja, vale. Reconozco que todavía estoy bebiendo mientras te escribo. Tendrás que aguantarme.

Quiero decir, ahora que no tengo trabajo me paso el día en casa y lo único que me gusta es beber. ¿Sabes? Cuando nazcas tu onni rica te invitará a muchas cosas. Mi niña preciosa.

De hecho, podrías empezar a llamarme "tía".

En fin, me pregunto si todavía seré amiga de Hyeon-cheol en tu tiempo. ¿O después de volverme rica en 2002 corto el contacto con él y vivo mi vida? Ya sabes, esas cosas pueden cambiar a la gente en un abrir y cerrar de ojos.

Un momento.

Ahora que lo pienso, esto no es coincidencia. Las dos nos llamamos igual. ¿Será que yo te puse el nombre? A lo mejor cuando sea rica le daré un montón de dinero a Hyeon-cheol para que te ponga mi nombre.

Mhh. ¿Qué tonterías estoy diciendo?

De todas formas, tu madre es buena persona. Y tu padre también, ¿vale? No sé por qué todo el mundo te oculta la información sobre tu madre, pero espero que no les ocurriera nada malo en el pasado.

Ah, y mientras estábamos bebiendo me acordé de que te quejaste de no tener una foto de ella. Así que salí corriendo a comprar una cámara desechable. ¡Hoy por fin me revelaron las fotos!

Yo soy la que está a la izquierda sujetando el vaso de *soju* y tu madre es la de la derecha.

¿No es súper guapa?

Su personalidad es aún mejor. Hay que reconocer que Hyeon-cheol tiene buen gusto.

27 de marzo 1998
A mi adorable sobrinita

Para mi onni que NO es mi tía

Mientras leía tu carta no me paraban de temblar las manos. Todavía me tiemblan ahora mientras te contesto, tengo la boca seca y el corazón acelerado.

He estado mirando la foto que me enviaste durante mucho tiempo.

Hay algo que no encaja.

¿Qué está haciendo esa mujer en la foto? Quiero decir, es la mujer con la que mi padre está a punto de casarse.

No puede ser. No lo puedo creer. Es imposible que ella sea mi madre.

La cabeza me da vueltas. No paro de pensar en todas esas cosas raras que me ha dicho como que al final terminaría gustándome o que no debería hacer nada de lo que me arrepienta y aquello sobre la carta. ¿Qué se supone que significa todo eso?

No tiene ningún sentido. Si realmente es mi madre, ¿por qué todo el mundo la mantuvo en secreto si de todas maneras iban a casarse?

Por alguna razón ahora mismo ninguno de los dos responde al teléfono. Siento que casi no puedo respirar.

Me acaba de llamar la mujer. Se sorprendió mucho cuando vio todas mis llamadas perdidas.

—¿Eres mi madre?

—Ah, ¿ya estás lista para aceptarme? Ha sido más rápido de lo que pensaba, pero por favor dame unos meses más de libertad hasta que me case y empiece a ser la madre de alguien.

—Corta el rollo y habla claro. ¿Eres realmente mi madre biológica?, ¿la que me dio a luz?

En ese momento mi voz temblaba y ella debió de darse cuenta, porque se quedó un momento en silencio:

—¿Te ha pasado algo, Eunyu?

—No, sólo quiero saber la verdad.

—Quédate ahí donde estás. Llegaré enseguida y podemos hablar en persona.

Dice que está viniendo, onni.

Me siento como si el mundo entero se me viniera encima.

Como si estuviera esperando por un mundo y no hubiera nada que pueda hacer al respecto. Todo está patas arriba y hay una maraña de tantos enredos que no sé por dónde ni qué empezar a buscar.

Tú no vas a cambiar, ¿verdad?

Todavía soy tu hermana pequeña, ¿no?

Te volveré a escribir.

17 de septiembre de 2016
Tu hermana pequeña, Eunyu

Para Eunyu, que sigue siendo mi hermanita

Eunyu. Me gustaría preguntarte cómo estás, pero creo que no es la pregunta apropiada. ¿Hablaste con la mujer? Cuando leí tu carta hasta me temblaron las piernas, así que no me imagino lo que debió ser para ti.

No entiendo nada de esto. ¿De verdad Da-jeong es la mujer que está a punto de casarse con tu padre? ¿Estás segura de que no las confundes porque se parecen?

Es muy extraño. Ahora mismo Da-jeong y Hyeon-cheol parecen llevarse bastante bien, pero si ella no es tu madre, entonces ¿quién? No. Más bien la pregunta sería: si Da-jeong es tu madre, ¿por qué te ocultaron la verdad todo este tiempo?

He intentando averiguar la respuesta, pero no se me ha ocurrido nada.

Dijiste que tu futura madrastra es tranquila e informal, pero la verdad es que Da-jeong no es así. Debe tratarse de un error. Compara su cara con la de la fotografía otra vez.

La situación es tan frustrante que me voy a volver loca, espero que tu carta llegue lo antes posible.

21 de abril de 1999
Tu onni del pasado

Para mi onni que todavía debe estar nerviosa

Hola, onni.

Imagino que debes estar leyendo mi carta muerta de curiosidad. Sé que debí enviártela de inmediato, pero lo siento. Después de hablar con esa mujer tenía tantas cosas en la cabeza que necesitaba un poco de tiempo.

Como te comenté la última vez, ella vino. Llamó a la puerta de mi mundo cerrado y acabé respondiendo. Le dije:

—A partir de ahora quiero que respondas a mis preguntas con sinceridad.

—Primero cuéntame qué te ha pasado.

—Nada.

—¿Estás segura de eso?

Tendrías que haber visto la intensidad de su mirada. Era como si estuviera dispuesta a hacerme confesar a toda costa, pero yo también tenía exactamente esa mirada.

—Sólo quiero saber sobre mi madre biológica.

—Continúa.

—¿Te llamas Jeong Da-jeong?

—Oh, ¿ahora hasta te interesa mi nombre? ¿A qué debo el honor?

¡Estaba harta de todo eso! Siempre desviaba el giro de la

conversación y cambiaba de tema. No pensaba dejar que tomara el control.

—¿Podrías simplemente responder con un sí o no? ¿Te llamas Jeong Da-jeong?

Entonces se hizo el silencio. Mientras esperaba su respuesta, de tan sólo una palabra, fue como si el mundo se hubiera congelado y todo permaneciera inmóvil.

—Me recuerdas mucho a tu madre.

—¿Conoces... a mi madre?

—Sí, pero no te voy a contar nada.

Cuando me dijo eso pensé que me iba a volver loca. Sentí que todos estaban jugando conmigo. Hasta esa mujer conocía a mi madre, pero nadie me decía nada.

—¿Cómo voy a contártelo si todavía no estás preparada?

Eso era justo lo que me decían todos cuando preguntaba sobre mi madre. Cuando llegara el momento adecuado, cuando pasaran unos años, cuando fuera un poco mayor... Y ahora venía esa mujer a decirme también que no estaba preparada. Los adultos son lo peor a la hora de dar excusas, ¿no crees?

—¿Cuánto más tengo que esperar? ¿Qué preparación será necesaria para saber quién es la madre de una?

—En primer lugar, deberías dejar de pensar que el mundo gira a tu alrededor.

—¿Qué quieres decir?

—Justo eso. No eres el centro del universo, solamente eres una mota de polvo que forma parte de su inmensidad.

—¿Cómo?

¿No es justo lo contrario a lo que los adultos dicen a sus hijos de que son el "centro de su mundo"? ¿Ahora esta mujer me dice que soy una mota de polvo? Ya ni siquiera un miembro más del mundo, sino una mota de polvo. ¿Te imaginas cómo me sentí?

—Estoy diciendo que no seas egoísta y pienses en los demás. ¿Qué crees que estaba haciendo tu padre mientras intentabas encontrar a tu madre? ¿Y tus abuelos? ¿No piensas que tienen una buena razón para que se tomaran su tiempo y luego hablarte de ello?

Era raro. Nada de lo que decía la mujer entraba en mi cabeza, era como si sus palabras revolotearan a mi alrededor.

—Ten paciencia y espera. Tu padre ha esperado quince años para contártelo y lleva otro año preparándose.

Después de eso no pude seguir insistiendo. En parte porque el rostro de la mujer resultaba aterradora y en parte porque de repente pensé que quizás era verdad que no estaba preparada.

Así que he decidido esperar. Tanto si me entero por ti como si es por mi padre, de todas maneras finalmente lo descubriré. No necesito impacientarme.

En vez de eso, lo que pienso hacer es buscarte. En mi mundo hay algo llamado SNS y si escribes el nombre de una persona aparece información y sus fotos. Si estás en las redes sociales no será difícil encontrarte.

Como nuestro nombre no es muy raro puede ser complicado, pero seguiré intentándolo. Mientras no hayas cambiado de identidad después de hacerte rica para evitar a mi padre o te hayas hecho una cirugía plástica creo que podré encontrarte pronto. ¡Hasta tengo una foto tuya!

Ah, olvidé decirlo la otra vez por culpa de la mujer, pero me encantó poder ver tu cara, onni. Me hizo sentir mucho más cerca de ti. Ahora que sé cómo eres tengo hasta más ganas de verte.

Por cierto, las cosas van mucho mejor con mi padre. Todavía es un poco incómodo, pero cuando estemos mejor pienso preguntarle sobre ti.

Al final él vino a verme la otra vez mientras yo estaba en casa de mi abuela. Dije que no quería volver a verlo nunca, pero supongo que en realidad no me sentía así. Cuando vino me di cuenta. Supe que había tenido miedo de que no viniera nunca o de que no quisiera volver a verme.

Me dijo que el malentendido había sido culpa suya y que por más vueltas que le dio no supo cómo resolverlo. Dijo que en cuanto me fui quiso que regresara, pero que le daba miedo que me negara y pensó que no quería verlo.

Dijo que me había pedido ir de compras para pasar tiempo conmigo porque no lo habíamos hecho nunca. Pensó que si me pedía ir de compras le diría que no, así que utilizó el cumpleaños de la mujer como excusa. Estuvo varios días pensando en el plan y no tenía idea de que saldría tan mal.

Tiene gracia, todo este tiempo pensé que mi padre estaba tratando de alejarme y resulta que él también pensaba lo mismo de mí. Estaba igual de asustado que yo. Tenía miedo a ser rechazado.

¿Sabes lo que hizo? Sacó una bolsa de ropa y dijo:

—Que-quería que fuéramos juntos a comprarlo.

Era la primera vez que me daba un regalo en persona, así que fue muy sorprendente. Luego miré dentro de la bolsa y ¡guau!, ¡un sujetador! No uno de entrenamiento, sino uno de verdad con ganchos y todo eso.

Me sorprendió tanto que sentía que me ardían las mejillas mientras volvía a cerrar la caja. La cara de mi padre también estaba roja y no paraba de aclararse la garganta. Puff, sólo de recordarlo me muero de vergüenza. En esa situación embarazosa sólo me vino a la mente una persona. Al principio estaba dudando en si decirlo, pero lo solté:

—Dale las gracias de mi parte a esa mujer.

Onni, no te imaginas cómo me gustaría poder leer el pensamiento de las personas. Si todos fuéramos transparentes como el agua a lo mejor podría tener una relación aún más cercana con mi padre. Nunca tendríamos malentendidos, no dudaríamos de los demás ni nos daría miedo que pudieran odiarnos.

¿Cómo podemos saber la manera en que se sienten realmente otras personas?

¿Tienes una respuesta? Esperaré tu carta.

1 de noviembre de 2016
Eunyu

P.D.: Ah, te lo iba a decir la última vez, pero tu última carta estaba un poco borrosa como si te estuvieras quedando sin tinta o algo así. A lo mejor deberías cambiar de bolígrafo.

Para mi hermana pequeña en el futuro

¡**R**edoble de tambores!
¡Por fin estamos en el año 2000! ¡Estrenamos milenio! Es realmente emocionante. ¡Año 2000! Ahora siento que estoy muy cerca del mundo en el que vives.

Pero para serte sincera, este año no ha sido muy especial. Ha sido exactamente como el año pasado sólo que ahora tengo veintiocho años y la mayoría de mis amigos están casados o tienen planes de hacerlo pronto.

No sé si te acordarás, pero de pequeña creía que el planeta se acabaría en 1999. A lo mejor por eso me siento como si hubiera vuelto a nacer.

Leer tu carta me hizo sentir orgullosa de mi hermana pequeña. Lo hiciste muy bien. ¿Ves? Te dije que tu padre era un buen tipo. Me alegro de que te abrieras con él.

Eres buena persona, hermanita.

Por encima de todo, me alegro de que Hyeon-cheol estuviera planeando hablarte sobre tu madre. Qué alivio. Puede que no lo sepas, pero tu madre, quienquiera que fuera, celebró tu llegada a este nuevo mundo.

No importa el tipo de persona que fuera o qué ocurriera entre tu padre y ella. Simplemente acéptalo y vive tu vida.

Pensar demasiado puede hacer que todo se vuelva confuso, ¿sabes? Y cuánto más complicado sea un problema, mejor es adoptar una manera sencilla de afrontarlo.

Así que Hyeon-cheol se va a casar con Da-jeong, ¿no? Las vueltas que da la vida.

De todas formas, si se porta mal contigo, dímelo. Iré a verla y le daré su merecido.

Ahora voy a contarte un poco sobre mí:

En este día histórico que separa 1999 de 2000 estuve viendo la televisión sola mientras comía calamares secos. Por supuesto, acompañados con cerveza. Mis padres se fueron a ver el primer amanecer del año con sus amigos.

Probablemente en mi futuro habrá más días como éste en los que esté sola a menudo. ¿Te he contado que mi hermana se casó con un alemán y se fue a vivir a Alemania? ¿Cómo se conocieron? ¡Ella no habla alemán! Viéndolos me doy cuenta de que eso de enamorarse de alguien sólo porque se pueden mantener conversaciones profundas con esa persona es una mentira. La gente que se enamora lo va a hacer, incluso por más que no puedan comunicarse.

Creo que mis padres están pensando en mudarse a Alemania. Mi hermana tuvo un bebé y le pidió ayuda a mi madre. Sólo por un tiempo, hasta que el niño sea un poco mayor. Pero no podíamos enviar a mamá sola, así que creo que piensan irse los dos.

Todavía no ha terminado, pero me sentí un poco miserable al pasar el año nuevo sola sin nadie con quien celebrar. ¿Por qué me tiene que pasar esto en todas las festividades? Ni siquiera sé por qué el chico al que conocí en aquella cita a ciegas me dejó. Sí, ese idiota que dijo que yo hablaba demasiado sobre el futuro y que no era normal. Bueno, disculpa, pero en primer lugar no hablo tanto sobre el futuro y, en segundo, es mucho mejor a permanecer anclada en el pasado. Mucho mejor orientarse hacia el futuro.

Total, que ahí estaba arrastrándome en soledad hasta que tu padre me rescató. Tiene gracia cómo siempre me salva cuando estoy en un mal momento. Salimos a beber.

—Sabía que estarías así. Sentada en casa sola en un día tan maravilloso como éste.

—Mira quién habla, ¿no deberías estar pasando el año nuevo con tu novia? ¿Ha pasado algo?

Hyeon-cheol se encogió de hombros y vació su vaso de *soju*.

—¿Se han peleado?

—¿Qué te hace pensar eso?

—Lo llevas escrito en la frente. Agh, qué perdedor. Mira que venir a pasar la noche con una amiga sólo porque te peleaste con tu novia. Ahora entiendo que tu futura hija pierda la paciencia contigo.

—Ya empiezas con esas cosas raras. Eunyu, a veces pienso que estás loca. Siempre has sido así. Como cuando adivinaste quién sería el presidente de Estados Unidos incluso antes de que eligieran a los candidatos. Todo ese rollo del buzón lento del futuro... Vamos, sé sincera. En realidad, estás loca, ¿verdad?

Sí, tu padre dijo todo eso. ¿Conoces ese refrán que habla sobre lo que signfica recibir una bofetada en Jongno e irse a llorar al río Han? Tu padre estaba descargando su frustración conmigo. Así que le di un buen golpe en la nuca.

Nos pasamos la nochevieja en los puestos de comida callejera bebiendo mucho y luego salimos a la plaza abarrotada de gente a despedir 1999. Como ya estábamos fuera decidimos ir a ver el primer amanecer en vez de volver a casa.

Tenía curiosidad por saber si ese primer amanecer del año 2000 sería diferente y la estábamos pasando tan bien que no quería regresar.

Después de escuchar las campanadas lanzamos petardos de 100 wones al aire. Había un lugar en el que podías escribir tus deseos en un papel y colgarlo de la pared, así que deseé que tú y Hyeon-cheol fueran muy felices. Y con letra pequeña en una esquina escribí que yo quería casarme.

No tengo idea de lo que deseó tu padre, pero cuando le pregunté me dio una respuesta misteriosa:

—Va a depender de ti si se cumple o no.

Me pareció obvio. No quería que me interpusiera entre Da-jeong y él, como había ocurrido en el pasado.

Fue una noche fantástica. Todo el mundo estaba celebrando como si fuera una gran fiesta internacional. Creo que Hyeon-cheol también la pasó muy bien.

—Desearía que pudiéramos beber *soju* como ahora durante todo el año. Me deprime pensar en volver al trabajo.

—Eh, deja de quejarte como un señor mayor y disfruta.

Yo había alcanzado un punto alegre por la bebida, la gente se reía por todas partes y quería disfrutarlo hasta que saliera el sol. En realidad, quise que ese momento durara para siempre.

Estoy segura de que tu padre también lo pensó.

—Oye, Eunyu.

—Dime.

—Es genial estar aquí contigo.

De verdad lo fue. Fue un momento muy feliz. Para ser sincera, cuando dijo eso fue fantástico. Hyeon-cheol es buena persona. Es maravilloso. Te lo aseguro, onni, puedes estar orgullosa de que sea tu padre.

Confía en mí. Es una persona decente.

¡Guau! Ya sólo quedan dos años para la copa del mundo de la FIFA.

¡Qué emocionante! También falta poco para el día en que cambiará mi vida y para el día que nacerás.

Por cierto, me compré un bolígrafo nuevo por lo que dijiste la última vez. ¿Se ve más claro ahora? Te prometo que se veía bien cuando te escribí la otra vez.

2 de enero del 2000
Tu onni que está
saludando el nuevo milenio

Para mi onni

¡Eunyu! ¡Bienvenida al siglo XXI!

¡Sólo faltan dos años para que estemos viviendo en el mismo mundo! Quiero decir, el tiempo va mucho más rápido ahí, así que a lo mejor cuando recibas esta carta ya me habrás conocido. ¡Me habrás visto retorciéndome como una bebé y todo eso!

Es interesante la manera en que la gente está conectada.

Éramos totales desconocidas, pero te pedí que me ayudaras a encontrar a mi padre y ahora él es tu mejor amigo.

Entraste en mi vida como si nada.

Te he estado buscando cada día en las redes sociales. Ya es bastante difícil encontrarte teniendo internet, así que no me imagino lo complicado que debe haber sido para ti hallar a mi padre con tan sólo su nombre y una fotografía. ¡Estoy impresionada!

Ah, tengo una buena noticia:

¡Mi padre me envió una carta!

¿Recuerdas cómo empezamos a escribirnos? El año pasado me envié una carta a mí misma usando el buzón lento. Bueno, pues parece que mi padre también me escribió algo en ese momento.

El sobre es muy grueso, apuesto a que tenía un montón de cosas que decir. Se siente extraño pensar que tengo la verdad sobre mi madre al alcance de la mano. Todavía no lo he abierto. Quiero terminar de escribirte primero para poder hacerlo tranquila y con la mente clara.

¿Te he contado que mi padre y yo nos llevamos bastante bien ahora?

¡Hemos ido al parque de atracciones, de compras y hemos visto una película juntos! Al principio era tan raro que me quería morir porque sentía como si fuera una persona totalmente diferente.

Pero ahora me he acostumbrado. Me contó cosas sobre mi infancia y hasta me dijo cosas sobre mi madre sin que le preguntara.

¡Dijo que era muy guapa!

La verdad es que me gustó que me lo dijera. Para ser sincera, me habría gustado que me dijera más cosas, pero no lo hizo. Sólo confesó que lo sentía por no haberme dicho nada antes. Y por todo.

Onni...

¿Por qué estoy tan triste después de haber esperado esto tanto tiempo? ¿Por qué me parte el corazón? Creía que odiaba a papá, pero al verlo tan alterado me dieron ganas de echarme a llorar.

Voy a hacer todo lo que me dijiste. Me llevaré bien con él y le contaré mis planes de independizarme. Si me dice que no puedo, lo respetaré. Siempre que tenga una buena razón para no dejarme marchar, claro.

Cuando vuelva hoy del trabajo le preguntaré sobre ti también. Siento que estamos tan cerca que podríamos conocernos cualquier día, ahora mismo.

Lo de llevarme bien con esa mujer tendré que pensarlo un poco más. No se parece en nada a la madre que había soñado. No actúa como alguien que está a punto de casarse.

Además, cocina todavía peor que papá. Ni siquiera fideos instantáneos. Una vez vino a casa con hambre y tuve que hacerle unos.

Le pregunté qué clase de adulta no sabe hacerse unos fideos instantáneos y adivina lo que dijo:

—Cuando era joven me pasé el tiempo estudiando para ser policía y cuando empecé a trabajar estaba tan ocupada trabajando con jóvenes en riesgo que ni siquiera tenía tiempo para hacerme mis propios fideos instantáneos.

—¿Cuántos jóvenes en riesgo puede haber por ahí? Podías inventarte una excusa mejor.

—¿No crees que eres una persona tremendamente irrespetuosa?

Sí, te juro que dijo eso. "¿Tremendamente irrespetuosa". No pensaba quedarme de brazos cruzados. Por supuesto que no lo haría.

—Entonces, ¿cómo es que tienes tiempo para salir con mi padre? No tiene ningún sentido.

—Al principio sólo éramos amigos y luego nos pasamos años sin vernos. Hace poco me lo volví a encontrar en el trabajo. Todo empezó por asuntos laborales, al menos por mi parte.

Me contó cómo conoció a papá. Increíble, ¿verdad? Sinceramente, ni siquiera sentía ninguna curiosidad, pero fue un poco conmovedor.

Al parecer se conocieron en la universidad, así que por eso también sabe de mi madre. No sé por qué pensaste que era mi madre, pero definitivamente esa mujer no estaba saliendo con mi padre en aquella época.

Me dijo que si tenía más preguntas sobre mi madre después de leer la carta de mi padre podía contarme más. Así que supongo que no es tan mala.

La cuestión es que se conocieron en un programa de tutoría de adolescentes. Normalmente las personas que llaman son adolescentes, así que se sorprendió mucho de que quien llamara pidiendo una cita fuera un padre.

Él dijo que tenía una hija, pero que no podía pasar tiempo con ella por su trabajo. Quería tener una mejor relación, pero no sabía cómo lograrlo.

Así que ella le daba consejos por teléfono con frecuencia, hasta que un día mi padre fue a visitarla en persona a la comisaría y se dieron cuenta de que eran viejos amigos. Por eso se comportó de esa manera tan informal cuando vino a nuestra casa por primera vez. Sencillamente veía a mi padre como un viejo amigo y no como una cita romántica.

Cuando se veían siempre solían hablar de mí. Que si Eunyu hizo esto, que si hizo aquello, cómo debería responder ahora, etcétera. Se pasaba todo el rato pensando en mí.

Entonces, un día mi padre le contó sobre mi madre explicando que no sabía cómo gestionar la situación de tener que hablarme sobre ella y que había estado posponiéndolo tanto que ahora sentía que nos habíamos alejado el uno del otro.

Fue la mujer la que le sugirió que utilizáramos el buzón lento. Le dijo que escribiera todo lo que quería decirme en una carta y que tratara de arreglar nuestra relación a lo largo del año que faltaba para que yo la recibiera.

Por eso la mujer mencionó lo de la carta. Sólo estaba presumiendo de la buena idea que había tenido. Y yo que pensaba que había leído nuestras cartas en secreto, pero al final sólo fue un malentendido.

—Entonces, ¿qué querías decir con eso de que terminaría por aprobarte?

—Ah, eso.

Lo dijo con tanta confianza que yo creí que realmente tenía un plan, pero ¿sabes lo que dijo?

—Es como con los chicos jóvenes que se escapan de casa con los que trabajo. Están pasando momentos difíciles y me gruñen como perros salvajes, pero al final termino agradándoles. Contigo es igual.

Qué mujer más segura de sí misma. Es muy extraña. Después de escucharla durante un rato me acordé de algo que dijo mi padre.

Aquello de que nunca había sido un padre antes y que siempre se había preguntado en qué pensábamos las chicas de mi edad.

En ese momento, me enfadé con él y le dije que también era mi primera vez siendo una hija, pero escuchar lo que dijo la mujer me hizo sentir un poco culpable. Mi padre sólo estaba esforzándose y yo fui una tonta al no darme cuenta...

¿Sabes? Hasta ahora he sentido como si mi padre y yo hubiéramos estado caminando el uno hacia el otro, pero de repente yo me hubiera detenido y comenzado a quejarme: "¿Por qué mi padre no está corriendo más rápido?, ¿por qué tiene que estar tan lejos?".

Yo simplemente seguí quejándome y me negué a moverme. Así que, él tuvo que correr aún más para compensar la distancia, pero a pesar de ello nunca se quejó. Mantuvo la mirada en mí y siguió avanzando.

Tenías razón, onni.

Mi padre es mejor persona de lo que pensaba y estoy orgullosa de ser su hija.

Gracias por mostrármelo.

Siempre te estaré agradecida.

Sonará extraño, pero hay algo que me preocupa últimamente. Parece que tus cartas cada vez tardan más en llegar y tu letra se ve peor. Me da un poco de miedo. Tu última carta fue muy difícil de leer, como si alguien la hubiera repasado con un borrador. Tuve que entornar los ojos para adivinar todas las palabras.

¿Por qué? ¿Cómo es posible que tus cartas cada vez sean más borrosas cuando nuestros mundos están cada vez más cerca?

Sigues ahí, ¿verdad, onni?

4 de enero de 2017
Eunyu muy agradecida con su hermana

Para mi hija

Hola Eunyu.

Soy yo, tu padre. ¿Te sorprende que te escriba?

Al volver la vista atrás me doy cuenta de que nunca lo he hecho, aunque tú siempre me has enviado un montón de cartas desde que eras pequeña.

Todavía me acuerdo de tu primera carta. Ese "te quiero" con letras torcidas sobre ese papel amarillo que tanto te gustaba. Me quedó grabado en la memoria durante mucho tiempo. Sin embargo, fui un padre incompetente que ni siquiera pudo responder a esa carta con tan pocas palabras.

En aquel momento no sabía qué me daba miedo, pero sólo con mirarte sentía un terror auténtico. Puedo entender cómo te sentiste, una niña pequeña con un padre asustado de ella. Lo siento por haber fingido no entenderlo durante todo este tiempo.

Siempre supe que sentías curiosidad sobre tu madre, pero fui un tonto incapaz de atreverse a contarte la verdad. Quiero que sepas que no fue porque te odiara ni porque quisiera arrebatártela.

Simplemente quería retrasarlo el mayor tiempo posible. Cada vez que reunía el valor y me decía "Ya es suficientemente mayor", al final terminaba posponiéndolo en cuanto veía tu cara y lo mucho que se parecía a la de tu madre.

¿Por dónde empezar? Me he imaginado este momento muchas veces, pero ahora que ha llegado tengo la mente en blanco.

Verás, tu madre y yo éramos amigos. Nos conocimos en circunstancias extrañas, pero especiales y justamente ése es el tipo de persona que era. Era especial al igual que tú.

Me encantaba pasar tiempo con ella. Era el tipo de persona que hacía felices a los que estaban a su alrededor.

Era tan buena persona que durante un tiempo llegué a pensar que se merecía a alguien mucho mejor que yo.

Solamente más tarde me di cuenta de que no podría soportar verla con otra persona. Todavía recuerdo bien ese día. Fue el primer día del nuevo milenio y en un trozo de papel pedí el deseo de casarme con ella. En ese momento no estaba seguro de ser suficiente para ella, pero confiaba en que podría hacerla más feliz que ninguna otra persona en el mundo.

Más bien supongo que estaba siendo egoísta. En realidad, era al revés. Estar con tu madre me hacía sentir el hombre más feliz del planeta. Sí, supongo que debió ser eso porque a pesar de toda mi confianza no pude protegerla.

Todavía recuerdo el día en que llegaste a nuestras vidas.

El día que supe que tu madre estaba embarazada, ella tomó mis manos entre las suyas y me dijo con la expresión más feliz del mundo: "Felicidades, vas a ser el mejor padre del mundo".

Se fue a comprar juguetes y ropa para bebé y todas las cosas que podrían gustarte cuando nacieras. Intenté decirle que podrías ser un niño, pero por extraño que parezca ella estaba totalmente segura de que tendríamos una hija muy guapa.

Me dijo que tenerte creciendo cada día en su interior era la sensación más maravillosa del mundo. Hicimos fiestas, bailamos y reímos y sonreímos, pasando días muy felices.

Tu madre fue quien te puso el nombre.

Eunyu.

El mismo nombre que tenía ella. Me dijo que de esa forma siempre podríamos encontrarte sin importar dónde estuvieras.

Soñábamos con el día en que estaríamos todos sentados en el salón viendo la tele o comiendo fruta. Soñábamos con verte dar tus primeros pasos, aprendiendo a leer y enfrentándote a las dificultades de la pubertad. Soñábamos con nuestro orgullo y felicidad cuando trajeras a casa a la persona a la que amaras y también con acompañarte con tu vestido de boda.

Eunyu, en todos esos sueños nunca hubo una escena en la que no imaginara a tu madre. Ni una sola vez. Quizá fue por eso que cuando ella nos dejó todo se convirtió en un dolor insoportable.

Durante mucho tiempo no supe que tu madre había sido diagnosticada con cáncer. Había estado perdiendo peso y su cara se veía demacrada, pero asumí que era por las náuseas matutinas. Fui un esposo terrible, un idiota que ni siquiera se dio cuenta de que la mujer a la que amaba estaba muriendo delante de sus narices. No merezco hablar contigo.

Cuando me percaté de que tu madre me había estado ocultando ese secreto me sentí la persona más miserable del mundo. Debió pensar que su marido era alguien terrible y poco fiable si decidió no contármelo, a pesar de lo mucho que sufría.

Sólo después me enteré de que si quería recibir tratamiento para el cáncer habría tenido que renunciar a tenerte. Soportó todo eso por ti.

Al principio, sentí resentimiento hacia ella. ¿Cómo pudo transformarme en alguien tan inútil? ¿Por qué me convirtió en un imbécil incapaz siquiera de proteger a su querida esposa? ¿Por qué ni siquiera me dio la oportunidad de compartir con ella su carga?

Más tarde, ese resentimiento se redirigió hacia mí. Estaba avergonzado por no haberme dado cuenta, a pesar de ver cómo adelgazaba y apenas tocaba su comida.

Todavía recuerdo cuando el doctor nos dijo que si recibía quimioterapia te perderíamos. Que era tu vida o la suya. Lloraba y rezaba cada día porque en vez de eso me cortaran los brazos y las piernas a mí, perdería mi propia vida antes que perder mi familia.

Tenía que convencer a tu madre.

Le dije que cuando se sintiera mejor podríamos volver a intentarlo. Podríamos tener otro bebé, pero nunca dudó una sola vez, a pesar de que el cáncer estaba devorando su cuerpo.

Todo terminó el día en que naciste. Fui un padre terrible incapaz de celebrar el nacimiento de su hija. Una parte de mí incluso se atrevía a culparte de la muerte de tu madre. Cada año pensaba en ella durante tu cumpleaños. Ésa es mi pobre excusa por no haber celebrado tu cumpleaños. Lo lamento en cada segundo de mi vida.

Sólo cuando diste tus primeros pasos hacia mí, cuando agarraste mi dedo con tus manitas y me miraste a los ojos finalmente me di cuenta de que tu madre había hecho la elección acertada. Eras una niña muy bonita y llena de amor, mereció la pena.

Pero cuando me llamaste "papá" por primera vez, cuando aprendiste hablar y en tu primer día de escuela estuve tan triste como feliz. Con cada nuevo logro no podía evitar pensar que si tu madre hubiera estado allí para verlo habría sido mucho más especial todavía. No podía permitirme ser feliz. Me hacía sentir culpable por estar disfrutando de todo aquello sin tu madre.

Cuando estabas aprendiendo a caminar tuvimos un accidente automovilístico. El choque te dejó una cicatriz fea en tu bonita frente y yo me quedé paralizado y aterrorizado en el asiento del conductor. Sentí que todo era mi culpa y empecé a dudar de mí mismo. Tenía miedo a fracasar y no poder protegerte a ti tampoco.

Cuanto más culpable me sentía y menos podía dejar ir a tu madre, más me asustabas. Me sentía tan mal por no haberla podido salvar que eso me alejó de ti.

Eunyu.

Nunca fui capaz de llamarte por tu nombre. Me recordaba demasiado a tu madre. Tenía miedo de que me preguntaras sobre ella y me daba terror ver cada vez más cosas de ella en ti a medida que pasaba el tiempo.

Tenía miedo de que sufrieras al conocer mi miedo, mi dolor y quizás hasta mi culpa. Y cuanto más miedo tenía, más silencioso me volvía y más trataba de ocultar la verdad. Creía que la ignorancia sería mejor que el dolor.

Pero, Eunyu, quiero que sepas algo. Siempre estuve observándote. Cuando te veía triste o enojada no podía concentrarme en mi trabajo. Quería correr junto a ti y darte un abrazo, pero no era capaz. Tenía miedo de que desaparecieras si te tomaba de la mano, al igual que había ocurrido con tu madre.

Me decía que esperaría hasta que fueras mayor. Sólo un poco más. Hasta que fueras lo suficientemente mayor para entender mi dolor y aceptar la decisión de tu madre. Me decía todo el tiempo: "Sólo un poco más".

He pasado estos quince años repitiéndomelo.

Cuando me quise dar cuenta de que mis miedos absurdos te estaban haciendo sufrir tú ya estabas fuera de mi alcance. Estabas creciendo sola. Los años que pasé dudando nos habían separado. No sabía cómo empezar a acercarme a ti.

Te arrebaté a tu madre, corté el contacto con su familia y te dejé completamente sola. Tus abuelos en Alemania te echan mucho de menos. Me escribieron con frecuencia preguntándome todo sobre ti. Dicen que les gustaría venir a verte cuando tú quieras. Así que, por favor, dímelo cuando estés lista. Realmente te quieren tanto como te quería tu madre.

Mi pobre niña preciosa. No pude contarte nada de esto porque sabía que te rompería el corazón cuando te enteraras.

No, a lo mejor fue sólo una excusa que terminé inventándome para protegerme mientras alejaba todas las cosas y recuerdos de tu madre.

Justo el otro día me puse a sacar sus cosas por primera vez después de quince años. En ese momento no estaba preparado para despedirme de ella, así que no pude ordenar bien sus bienes. En ese momento fue cuando encontré una carta en su agenda. El sobre decía "Para Eunyu", así que supuse que era para ti. Después de todo, estuvo luchando por ti hasta su último aliento.

Eunyu.

Durante toda tu vida he estado dando rodeos. Fui un idiota por pensar que eso era lo mejor. Lo siento mucho por haberte fallado como padre. Espero que puedas perdonarme por haber huido siempre, como un cobarde.

Entiendo que quizás es tarde para pedir perdón, pero espero que me dejes entrar en tu corazón.

2 de enero de 2016
Tu padre escribiendo
para el buzón lento

La carta que no pude enviar: para Eunyu

Hola, Eunyu. ¿Qué tal estás?

Estuve esperando y esperando, pero no recibí más cartas tuyas. Y cuando me quise dar cuenta había pasado todo este tiempo. ¿Por qué no se me ocurrió pensar que del mismo modo que empecé a recibir tus cartas de repente también podrían cesar algún día, de repente y sin aviso?

Espero que no te haya pasado nada. No estarás enferma, ¿verdad? ¿Va todo bien? ¿Sigue todo en orden?

A lo mejor son demasiadas preguntas, pero espero que me entiendas. Son por esas miles de cosas que quería preguntarte.

Hay tanto que me gustaría decirte, Eunyu, pero creo que ésta será la última carta. Verás, surgió algo.

Todavía recuerdo la última carta tuya que recibí. Estabas medio emocionada y ansiosa preparándote para responder a la carta de tu padre.

No puedo fingir que no estoy preocupada. Hyeon-cheol nunca ha sido bueno escribiendo, así que no sé cómo te lo habrá explicado todo. Pero no importa lo que hayas leído en esa carta. Quiero que sepas que eres la niña más especial del mundo.

Todavía recuerdo tu primera carta. ¿No es divertido? Ni siquiera ahora puedo creer que todo esto nos ocurriera. ¿Cómo pude ser tan tonta? ¿Cómo pude estar tan ciega para no darme cuenta de la verdad?

Creo que vivimos dando por sentado muchos milagros en nuestras vidas.

Una madre reunida con su hija, una familia que come, ríe y llora junta... Todas esas cosas son la vida cotidiana para algunas personas, pero para otros pueden ser milagros y sencillamente no nos damos cuenta.

Fue lo mismo para mí. El instante en que me di cuenta de mis sentimientos hacia Hyeon-cheol y el momento en que llegaste a nuestras vidas, estaba tan embriagada por la felicidad que ni siquiera me di cuenta del milagro que nos había ocurrido.

Eunyu, los médicos dicen que estoy un poco enferma.

Al volver la vista atrás me arrepiento de muchas cosas. ¿Por qué no te reconocí antes? Ojalá me hubiera dado cuenta antes.

Al principio estaba frustrada y me preguntaba por qué me tenían que pasar a mí esas cosas, o si era porque había cometido alguna mala acción o no era una buena persona. ¿Me estaba ocurriendo porque bebí demasiado incluso aunque me pediste que no lo hiciera? Hay un montón de gente horrible en este mundo que tiene dinero y salud, ¿por qué tenía que pasarle a alguien como yo?

Ni siquiera sabía a quién echarle la culpa. Pasaba los días llena de enojo y resentimiento, pero luego me viniste a la mente.

Nuestra querida Eunyu.

Mi hija esperándome en un lejano futuro.

Cuando pensaba en ti era incapaz de estar triste. ¿Qué ocurriría si te afectaba de alguna manera? Cada día te movías y dabas patadas en mi vientre y yo sabía que estabas aquí. Fue así como finalmente me di cuenta de que todas las piezas del rompecabezas encajaban. Por eso fue que tus cartas viajaron al pasado hasta mí. Todos los momentos que pasaron formaron un puente entre nosotras. Es increíble y me siento muy agradecida.

Eunyu, si por alguna razón me marcho antes de llegar a verte, por favor no estés triste ni te sientas dolida. Ya hemos tenido un encuentro milagroso y eso nos mantendrá unidas para siempre.

No lamento mi decisión ni por un segundo porque sé que crecerás y te convertirás en una mujer fuerte, sé los sueños maravillosos que tienes y la gente llena de amor que tendrás a tu alrededor. Lo único que me da un poco de pena es que no podré verlo por mí misma, pero las cartas que me enviaste son suficiente para darme fuerzas.

Eunyu, por favor, no odies a tu padre. Estoy segura de que debió haber sufrido mucho también. Es mucho más frágil de lo que parece. Nadie te quiere más que él. El día en que supimos que vendrías fue el hombre más feliz del mundo. Si alguna vez estás pasando un momento difícil apóyate en él. Tu padre te protegerá sin importar lo que pase. Si recibes esta carta, ¿podrías decirle que lo siento? Que me apena dejarle tan pronto y que me habría gustado ser su mejor amiga para siempre y charlar mientras bebíamos *soju*.

Eunyu, mi hija. Mi amiga. Mi sueño de un futuro.

Aunque llegue el momento de irme, no rezaré por vivir sólo un poco más, sino que daré las gracias a Dios por haberme permitido conocerte de esta forma. Por darme al menos la oportunidad de guiarte. Por permitir que conociera a mi hija y saber cómo vivirá y trabajará por sus sueños.

Sé que no pudimos conocernos como madre e hija, pero hemos sido mucho más que eso y estoy muy agradecida por ello. Es más que suficiente para mí.

Y si todavía me queda un poco de tiempo, si todavía tengo unos momentos que compartir contigo, rezo por poder ver la cara de mi hija tan guapa.

Solamente una vez. Es todo cuanto pido.

Y después...

Estaré junto a ti.

Cuando vayan bien las cosas seré el viento que acaricia tu pelo. Cuando estés deprimida y quieras llorar, seré las lágrimas que corren por tus mejillas.

En tu primer día de escuela, tus mejores calificaciones en los exámenes, cuando te pelees con tus amigos... estaré para lo bueno y lo malo.

Siempre estaré contigo como lo estuve desde el principio.

Y al igual que esta carta...

Cruzaré el tiempo por ti.

16 de noviembre de 2002
Tu madre, desde un lugar muy cálido

Para todos

¿Están todos bien? Por aquí, el clima se ha vuelto frío de repente. Empecé a escribir esta historia en la calidez de la primavera, pero el tiempo ha pasado muy rápido. El tiempo es realmente celoso, suele decirse que se pasa volando cuando estás haciendo algo que amas y creo que es verdad. Al principio, quería escribir una novela sobre la familia. ¿Qué tiene la familia que hace que nos preocupemos por ella, incluso aunque nos parezca fastidiosa? ¿Por qué, a pesar de ser algo que no me interesa, hace que me emocione? Si Eunyu no hubiera venido hacia mí, creo que todavía seguiría buscando una respuesta.

Me acuerdo del día en que la vi por primera vez. Pasó delante de mí, gruñendo. Detrás de ella iba su padre cabizbajo. Ninguno de los dos decía una sola palabra, como si se hubieran peleado. Yo caminaba a cierta distancia. En ese momento me di cuenta de que ambos miraban en direcciones diferentes. ¿Lo sabría Eunyu? ¿Sabría ella que, mientras miraba hacia algún lugar a lo lejos, su padre observaba su espalda en silencio?

La historia que comenzó de esa forma, al final ha llegado a su término. Muchas personas me ayudaron mientras la escribía. En primer lugar, quisiera expresar mi gratitud hacia Eunyu por compartir esta increíble historia y no enojarse ni protestar mientras la escribía. Pasé momentos realmente maravillosos gracias a ti. También me gustaría enviar mis más profundos respetos y más sincero agradecimiento al jurado y al personal de Munhakdongne, quienes se convirtieron en el buzón mágico que permitió que esta historia saliera al mundo. ♡ Por último, me gustaría dar las gracias a mi familia por ser siempre el milagro de mi vida.

Gracias por leer esta historia hasta el final.

Espero que todos estén bien.

Cordialmente, Lee Kkoch-nim, enero de 2018

Esta obra se imprimió y encuadernó
en el mes de julio de 2024, en los talleres
de Impregráfica Digital, S.A. de C.V.
Av. Coyoacán 100-D, Col. Del Valle Norte,
C.P. 03103, Benito Juárez, Ciudad de México.